J. MOREY.

LÉGENDES FRANC-COMTOISES.

LA VIGNE DE LA MOTTE DE VESOUL.

BESANÇON,

J. JACQUIN, IMPRIMEUR-LIBRAIRE,

Grande-Rue, 14, à la Vieille-Intendance.

1867.

LA VIGNE DE LA MOTTE

DE VESOUL.

J. MOREY.

LÉGENDES FRANC-COMTOISES.

LA VIGNE DE LA MOTTE DE VESOUL.

BESANÇON,

J. JACQUIN, IMPRIMEUR-LIBRAIRE,

Grande-Rue, 15, à la Vieille-Intendance

1867.

LÉGENDES FRANC-COMTOISES.

LA VIGNE DE LA MOTTE DE VESOUL.

I.

L'histoire que je vais raconter est bien ancienne; cependant elle paraîtra nouvelle à plusieurs qui en ont entendu parler sans la connaître.

Pour prendre les choses à l'origine, je dois dire que j'aime la chasse avec passion; non pas la chasse bourgeoise qui consiste à battre les buissons en compagnie d'un chien mal dressé, ou à tirer des alouettes au miroir, mais la vraie chasse à courre, à cor et à cri, la vraie chasse dans laquelle Nemrod trouva la gloire, saint Hubert la foi, et mon oncle de gros rhumatismes.

Quoique chasseur, j'aime la vérité, et j'avouerai très humblement que jusqu'au jour où commence cette histoire, je n'avais pas fait de prouesses dignes de figurer dans les annales de la vénerie. On disait même qu'un sanglier n'avait éventré la vache d'un pauvre homme de Flagy, que pour avoir été tiré maladroitement par un des nôtres. Pure calomnie sans aucun doute, puisque ce cher ami avait tiré en fermant les yeux.

Mais le jour de mon histoire était évidemment marqué d'un caillou blanc dans les papiers du grand saint des Ardennes. Nous étions sortis de Conflans de bon matin, quand on découpla nos trente pur sang de Saintonge au dos taché de brun, aux yeux marqués de feu, la forêt sembla s'éveiller, la trompe des piqueurs sonna le débucher du chevreuil, et bientôt chevreuil, piqueurs et chiens partirent comme un tourbillon à travers les taillis et les champs. La chasse était magnifique:

pas un change, pas un défaut, mais quelle course! Quand le bienheureux hallali sonna, il ne restait rien dans nos gourdes, rien dans nos sacs, presque rien dans nos estomacs, et nous étions dans les grands bois de Villers-lez-Luxeuil.

L'eau d'un ruisseau qui descend vers Mailleroncourt nous avait légèrement restaurés, lorsque Albéric proposa une descente à Villers, où l'on trouverait sûrement, disait-il, de quoi tromper l'appétit de trois chasseurs, puisque les naturels du pays trouvaient bien moyen de manger dans les cabarets du lieu la dot de leurs femmes et d'y boire l'héritage de leurs ancêtres.

La plus touchante unanimité accueillit sa proposition, et après une demi-heure de marche, nous arrivions au but.

Au détour de la première rue, et au-dessus d'un fumier dont les tresses artistement enlacées indiquaient, dit-on, le voisinage de deux filles à marier, Albert signala une touffe de genièvre rougie par l'injure des temps. C'était l'enseigne provisoire, remplaçant un cheval blanc déposé depuis dix-huit mois dans l'atelier d'un peintre de Luxeuil connu pour son exactitude.... à faire attendre les pratiques.

Christophe Colomb ne fut pas plus content lorsqu'il découvrit la terre ferme. Vingt minutes d'arrêt, cria joyeusement notre ami! Et il commandait déjà les rafraîchissements, que je regardais encore le symbolique buisson de genièvre, dont la couleur fauve et les branches à demi calcinées semblaient demander un arrosage abondant. J'ai compris alors la muette éloquence de cet insigne, et j'ai senti que sa seule vue devait allumer une soif inextinguible dans le gosier de nos habitués de cabaret.

Quand un monsieur s'arrête dans une auberge de village, il est généralement bien accueilli, et le respect qu'on lui témoigne se traduit par la promptitude qu'on met à le servir. En un instant nous vîmes apparaître une respectable tranche de jambon, accompagnée d'un grand broc de vin clairet.

Aux yeux des habitants de la contrée, le vin clairet de Brotte, Ehuns et Villers, est le phénix des vins du crû. Sans partager leur enthousiasme et lui donner un rang distingué, je trouve ce produit très agréable à boire, et ne suis nullement de l'avis des mauvais plaisants, qui prétendent que ce vin est le premier de la Haute-Saône parce qu'il sort des premières vignes que l'on rencontre en descendant des Vosges.

Chacun s'acquittait consciencieusement de son office, et l'hôtesse, debout près de la fenêtre, le poing sur la hanche, se complaisait à nous voir apprécier sa cuisine et son vin, lorsque tout à coup la porte s'ouvrit brusquement, et une jeune femme entra en s'écriant : « Ah ! ma pauvre Victoire ! je n'aurai déjà pas la vigne de la Motte !

— Et pourquoi donc ? demanda l'hôtesse en s'avançant ; vous aurait-on maltraitée, ma chère Thérèse ? »

La présence de trois étrangers parut vivement contrarier Thérèse, qui hésita un instant. « Après tout, dit-elle, je ne vois pas qu'il faille tant se gêner. Si ces messieurs sont mariés, ils doivent connaître ces contrariétés et ces querelles de ménage ; s'ils ne le sont pas, il n'y a point de mal à ce qu'ils les connaissent... » Ici Albert s'inclina courtoisement, et Thérèse, enhardie par ce témoignage de bienveillance, continua :

« Vous savez qu'avant de nous marier j'avais mis pour condition que Jérôme n'irait jamais au cabaret, et pendant l'année qui précéda notre mariage, il n'y a pas mis les pieds. Je le croyais converti. Mais figurez-vous que ce matin, le grand rouge de chez la Ninette, un fameux vaurien, comme vous savez, a profité du moment où j'étais sortie, pour l'emmener boire avec le sacristain, qui avait acheté notre cheval. Une bouteille en amenait une autre. Ils sont allés chez la Ninette, où ils ont trouvé le gros Tonton et le petit Lolo — encore deux qu'il faut se lever matin pour les trouver à jeun ; — ils ont dit qu'il fallait faire le huitième jour de nos noces. Quand j'ai su cela, je suis allée chercher Jérôme, qui n'est pas méchant. Je l'ai entrepris tout doucement, mais les ivrognes qui l'entouraient lui ont monté la tête, qu'il n'avait déjà pas mal chaude, disant qu'il se laisserait mener par sa femme, et au moment où je le suppliais de revenir, et de m'accorder ce qu'il m'avait si solennellement promis, il se leva et me donna un soufflet en l'accompagnant de ces mots : *Madame! voilà tout ce que la loi me permet de vous accorder....* Croyez-vous qu'on puisse être heureuse avec un début pareil ? » Et la pauvre femme se mit à pleurer amèrement.

Tandis que l'hôtesse lui prodiguait les consolations les plus affectueuses, auxquelles nous unissions nos sympathies, Albéric paraissait rêveur.

« Qu'est-ce donc, demanda-t-il, que cette vigne de la Motte, dont on a parlé tout à l'heure ?

— Monsieur ne sait pas cela, monsieur n'est sans doute pas du pays. La vigne de la Motte est sur la montagne de ce nom, à Vesoul. C'est une grande et belle vigne que le roi avait promis de donner aux gens qui, après un an de mariage, ne se seraient jamais repentis de s'être mariés. Il y a de ceci bien, bien longtemps, et la vigne est toujours là, personne n'a encore pu l'obtenir, et il paraît que Thérèse, qui est mariée seulement depuis huit jours, ne l'aura pas plus que les autres.

— Si l'histoire n'est pas vraie, elle est au moins bien imaginée, fit Albert.

— Je la crois vraie, reprit Albéric, et la preuve que j'en ai, c'est que dans nos pays, sur les bords de l'Ognon et aux environs de Baume, j'ai entendu raconter les mêmes faits et répéter le même proverbe. Il est vrai qu'anciennement ces cantons faisaient partie du bailliage d'Amont ou de Vesoul, et je suis sûr qu'il y a là-dessous quelque légende intéressante que nos antiquaires ne nous ont point encore racontée.

— Qu'en pensez-vous, Amédée?

— J'avoue mon ignorance sur ce point, mais je pourrai peut-être bientôt satisfaire votre curiosité en furetant les mémoires du capitaine Tranchant, qui a dû traiter cette question.

— Qu'est-ce que le capitaine Tranchant, s'il vous plaît?

— C'est, ou plutôt c'était mon oncle, car il y a près d'un an que je l'ai perdu. Son histoire demanderait quelque détail, je vous la raconterai chemin faisant, si vous voulez. »

L'hôtesse eût bien désiré entendre cette histoire, mais les vingt minutes d'arrêt étaient passées depuis un quart d'heure. Albéric paya les trois francs trois sous demandés pour la dépense, et nous reprîmes tous trois le chemin d'Abelcourt et de Conflans.

II.

Nous étions à peine sortis du village, qu'Albert me somma de tenir parole, et de faire la biographie du capitaine Tranchant.

Cette biographie est bien simple, répondis-je, et si quelque chose est capable d'attirer l'attention sur la vie de mon oncle, ce sont moins les détails de cette vie que les caractères de fermeté et d'originalité dont elle est empreinte.

Mon oncle était né le 31 août 1802; on lui donna le nom du saint que le calendrier marque en ce jour, c'était saint Fiacre. Fiacre Tranchant ne se distingua dans sa jeunesse que par son habileté à dénicher les nids de moineaux et à jeter des pierres au coq qui surmontait le clocher de son village natal. La discipline du collége de Langres, en comprimant ses turbulentes manifestations, ne put assouplir entièrement son caractère; dans le cours de ses études il trouva le temps de se casser un bras, de se fracturer la jambe droite et de se démettre l'épaule gauche.

Cette humeur aventureuse était un indice non équivoque de son aptitude pour le grand art de tuer les hommes au nom de l'honneur et de la patrie. Il le crut du moins et se fit soldat.

La guerre d'Espagne venait de commencer. Fiacre Tranchant, qui savait *Don Quichotte* par cœur, se promettait une vie non moins agitée que celle du noble chevalier de la Manche... Au lieu d'obtenir la croix, il gagna la fièvre, et ne connut l'Espagne que par un séjour de six mois à l'hôpital de Barcelone. Ce triste début n'abattit point son courage. A Navarin, un coup de sabre lui coupait l'oreille gauche; à Staouëli, un éclat d'obus lui entamait le flanc; aux Portes de Fer, une balle arabe lui emportait l'annulaire de la main droite, et quand les blessures et les rhumatismes le firent mettre à la réforme, en 1838, il était capitaine, chevalier de trois ordres, décoré de dix-sept blessures, en seize années de services et vingt-trois campagnes; il n'avait pas trente-six ans.

On lui conseilla de se marier. Il suivit ce conseil à regret, car il craignait que son caractère bouillant et ses idées originales ne fussent un sujet de chagrin pour la femme dont il unirait le sort au sien.

Il semblait pourtant devoir être heureux, quand une maladie épidémique lui enleva dans quelques jours sa femme et son enfant.

Ce fut un coup de foudre pour le rude soldat : sa philosophie l'abandonna tout à fait, il pleura, il s'emporta ; puis, après ce premier tribut payé à la nature, il réfléchit, devint calme et finit par supporter l'épreuve en chrétien.

Une circonstance imprévue vint fournir à son esprit actif et énergique l'aliment et l'occupation dont il avait besoin pour supporter les ennuis et adoucir les tristesses de sa retraite. Un de ses beaux-frères, sorti récemment de l'école des chartes, l'initia à un genre d'étude dont il n'avait pas même jusque-là soupçonné l'importance et l'agrément. Il se mit à déchiffrer les anciennes chartes, à lire les vieux grimoires, et fit de surprenantes découvertes sur des temps que la littérature moderne et les romans soi-disant historiques lui avaient appris à mépriser. Il avait voulu d'abord éviter le désœuvrement; il devint bientôt un amateur distingué, presque un savant. Il suivit l'inclination qui le poussait à connaître le passé de son pays natal. En bon et vrai Comtois qu'il était, il étudiait avec amour l'histoire de la Franche-Comté, et recueillait avec soin les traditions et les légendes qu'il rencontrait sur son chemin.

La Haute-Saône captivait surtout son attention, et l'état d'infériorité où elle se trouve historiquement parlant, l'humiliait et l'importunait. Tandis que le Jura possède de magnifiques Dictionnaires historiques, que le Doubs peut présenter une série d'Annuaires qui se succèdent depuis un demi-siècle, nous en sommes encore réduits aux Almanachs de dom Grappin, à l'Annuaire de 1842, et à quelques étymologies plus ou moins celtiques, plus ou moins fantaisistes, tirées du Dictionnaire de Bullet ou de l'imagination de n'importe quel amateur. Nous avons des monographies, mais à part l'*Histoire de Gray*, les autres sont incomplètes ou ne sont pas publiées, et les encouragements aux études et publications de ce genre sont à peu près nuls dans ce département, qui occupe cependant un rang distingué dans la statistique générale de l'instruction en France.

— Vous riez de cela, mon beau neveu, me dit-il un jour dans un moment d'humeur ; eh bien ! sachez que quand on aime son pays, on n'est insensible à aucune de ses gloires, et avec toutes vos études de médecine et de chimie, vous ne serez jamais un homme sincèrement attaché à notre vieille province, vous ne serez jamais au niveau du progrès que vous me vantez tous les jours, si vous dédaignez les souvenirs du passé. Ces souvenirs, qu'ils soient bons ou mauvais, portent toujours leur enseignement avec eux et nous font plaindre notre pays quand ils ne nous le font pas admirer.

Vous savez par cœur la suite des rois de la Grèce antique et des consuls de Rome, la généalogie des moindres princes d'Allemagne, et vous ne pourriez me dire un mot des destinées d'Epinal ou de Vesoul, encore moins de Saint-Loup, votre chef-lieu de canton. Vous sauriez un peu moins bien ce qui se passait à Florence il y a six cents ans, et un peu mieux ce qu'on faisait ici à la même époque, que votre instruction n'y perdrait rien, et votre patriotisme y gagnerait certainement. On le sent si bien, que partout on étudie l'histoire locale, et que les Suisses, nos voisins, établissent des cours publics où l'on fait passer sous les yeux des assistants tous les documents intéressants pour le lieu qui les a vus naître. Voilà pourquoi je suis humilié de voir notre contrée si arriérée, et pourquoi, *nonobstant le principe de la chose*, je prétends qu'on devrait exiger de nos jeunes gens des connaissances élémentaires, mais précises sur ce point.

Quand mon oncle avait dit *nonobstant le principe de la chose*, toute discussion devenait inutile et même dangereuse. Cette formule, parfaitement insignifiante, qu'il avait rapportée de l'armée, était pour lui l'expression la plus nette d'une énergique volonté, d'une inébranlable conviction. Aussi je n'eus rien de mieux à faire que de me ranger à son avis, et je le fis d'autant plus volontiers que sa thèse était fort sensée et fort juste.

Pendant vingt années le capitaine Tranchant étudia, compulsa et lut la plume à la main. Retiré dans sa petite maison blanche de la vallée du Coney, il partageait son temps entre l'étude, le soin de son jardin et la correspondance avec les hommes instruits de la province, auxquels il se faisait un plaisir de communiquer le résultat de ses recherches. Souvent on le pressa d'écrire et de se faire connaître, on lui promit le succès ; il refusa toujours, tant sa modestie l'empêchait de croire aux éloges que lui prodiguaient ses amis. Il est mort sans avoir appartenu à la moindre académie.

« Je suis entré trop tard dans la carrière des lettres, disait-il, pour prétendre à quelque chose. Je n'ai fait et ne ferai dans le domaine de l'histoire du pays que des excursions d'amateur ; en étudiant le passé, j'ai trouvé le secret de rendre le présent supportable et l'avenir moins sombre ; c'est le but que je me proposais.

» Mes travaux se sentent de la mobilité de mon caractère. Quand une idée me vient, je la pousse en avant, absolument comme je chargeais les Arabes à la tête de ma compagnie. Si quelque jour il vous prend fantaisie d'inventorier ces cartons, vous y trouverez des légendes, des épisodes et des récits sur les sujets les plus disparates. A côté d'une étude sur les sires de Faucogney, vous en trouverez une autre sur les chevaux de race comtoise au moyen âge ; un épisode de la guerre des paysans se trouve accolé à un mémoire sur l'élevage des porcs et les salaisons au XIIIe siècle ; la légende de la Planche des belles filles est suivie de celle des Fleurot du Val d'Ajol ; l'histoire du chapitre de Calmoutier est précédée de l'histoire des loups-garous dans le bailliage d'Amont, et à côté de la pieuse légende de Notre-Dame du castel de Vesoul, se trouvent les aventures lamentables d'une demoiselle de la même ville, en l'an de grâce 1338, etc. Vous voyez, mon beau neveu, fit-il avec un sourire, qu'il y a là des pages tout aussi capables de vous intéresser que les romans de Paris, pour l'amour desquels vous brûlez ma bougie jusqu'à deux heures du matin ! »

— Savez-vous, interrompit Albéric, que je trouve votre oncle prodigieusement raisonnable ? S'il écrit comme il parle, on ne doit pas dormir en lisant ses notes, et je brûle de savoir s'il a mis par écrit une légende de la vigne de Vesoul.

— Je ne pourrais l'assurer, mais il doit l'avoir fait, car il cherchait l'origine de toutes les traditions, de tous les proverbes du pays, et celui de la fameuse vigne a dû fixer son attention. Au reste, je m'en assurerai dès demain.

— Et comment ferez-vous?

— Les mémoires et notes du capitaine Tranchant sont à ma disposition. L'entretien dont je vous parlais tout à l'heure avait lieu en octobre 1863; j'étais loin de songer que c'était le dernier que je dusse avoir avec lui. Le jour où je soutins ma thèse pour le doctorat, je reçus une lettre m'annonçant que mon oncle était atteint d'une maladie aiguë dont la violence défiait les ressources de l'art. J'arrivai quelques heures avant sa mort, il me recommanda l'amour du travail et de l'étude, puis expira en murmurant une prière.

Son testament faisait la part de Dieu, des pauvres et la mienne ; il me léguait en particulier ses livres et ses manuscrits.

J'appris par ma mère que, le lendemain de mon départ, il avait voulu lui-même coller sur le devant de sa bibliothèque une inscription ainsi conçue : *Livres et manuscrits destinés à remplacer les romans à quatre sous que lit mon neveu, et qu'il ne lira plus lorsqu'il sera revenu de Paris.*

— Et le volage neveu, dit Albert à son tour, a-t-il tenu compte des intentions de l'excellent capitaine?

— Le vœu de mon oncle n'a pu être exaucé qu'à moitié jusqu'ici, parce que de nombreux voyages et les ennuis inséparables d'un premier établissement m'ont absorbé cette année. Cependant j'ai lu plusieurs de ses mémoires, et j'avoue que, bien loin de me faire regretter les productions malsaines dont nous sommes saturés pendant notre jeunesse, ils m'ont vivement intéressé et ont fait naître en moi, sinon le goût, du moins l'estime et l'inclination pour ce genre de littérature.

— En sorte que la suite naturelle de cette conversion serait de nous donner dans le neveu une seconde édition de l'oncle. Ai-je deviné, continua Albert?

— Si la seconde édition vaut la première, j'y souscris pour dix exemplaires, ajouta Albéric. Ce que nous venons d'entendre du capitaine Tranchant me plaît et me porte à croire que nous trouverons dans ses récits l'originalité de style et de pensée que l'on trouvait dans sa conversation. Il devait tenir la plume comme il avait tenu l'épée, frappant ferme et allant toujours droit au but. J'aime ces gens-là, et *nonobstant le principe de la chose,* comme disait le capitaine, j'aimerai davantage le neveu s'il a le courage de ressembler à son oncle.

En ce moment nous rejoignions la meute, fatigués ; chacun rendit compte de ses exploits. La récapitulation générale prouva que nous étions possesseurs d'un chevreuil, trois lièvres, deux gelinottes et une douzaine de perdreaux; il n'en fallait pas tant pour satisfaire notre ambition et légitimer la solennité de l'entrée que nous fîmes à Conflans.

III.

Comme je l'avais prévu, mon oncle connaissait la légende de la vigne vésulienne, et je trouvai dans ses cartons un cahier renfermant toute l'histoire de cette curieuse tradition. Huit jours après notre aventure de Villers, je pouvais donner lecture de ce document à mes amis et satisfaire la légitime impatience d'Albéric, qui m'accusait déjà d'être retombé dans le péché des romans à quatre sous. La vérité est que j'avais eu besoin de huit jours pour mettre au net le récit de mon oncle, qui avait, comme la plupart des érudits, une écriture lisible seulement pour lui-même. Cela dit, pour l'acquit de ma conscience, et l'auditoire étant convenablement assis, mouché et recueilli, je commençai la lecture de la

Légende de la vigne de la Motte.

Le 7 septembre de l'an 1161, la cour d'honneur du château de Faucogney offrait le spectacle le plus animé et le plus gracieux. Un groupe brillant de chevaliers revêtus d'armures légères et portant de longs couteaux de chasse à la ceinture, des archers au carquois rempli de flèches, des veneurs retenant à grand'peine une meute empressée, des varlets portant sur l'épaule les faucons chaperonnés, annonçaient assez que le sire de Faucogney allait faire un de ces voyages qui se transformaient nécessairement en partie de chasse dans une baronie hérissée de gorges sauvages et couverte de chênes gigantesques, comme l'était la sienne.

Le soleil se levait radieux sur le ballon de Servance, lorsque le noble sire franchit le seuil du donjon et donna le signal du départ. Les gardiens des tours répondirent par leurs fanfares aux fanfares des veneurs, le pont-levis se baissa, et la porte bardée de fer, criant sur ses énormes gonds, livra passage au joyeux cortége.

Et vraiment l'escorte du sire de Faucogney ne devait-elle pas être joyeuse? Le pays ne vivait-il pas en paix sous le sceptre de l'invincible empereur Frédéric et de son épouse bien-aimée, Béatrix de Bourgogne? N'allait-on point, après une magnifique journée de chasse, passer la fête de Notre-Dame dans l'abbaye de Bithaine, où l'on rencontrerait peut-être l'illustre archevêque de Tarentaise, dont la vie prodigieuse faisait l'admiration de l'univers. Ne devait-on pas gagner ensuite le château de Vesoul, assister aux joyeuses vendanges de la vigne qui entourait ses murailles, et clore ces fêtes par un tournoi où les plus vaillants chevaliers viendraient rompre une lance, où les plus nobles dames couronneraient les vainqueurs ?

Tel était, du moins, le programme que le jeune chevalier d'Anglure exposait avec volubilité au vieux sire de Ronchamp, qui, en qualité de vassal, était venu faire les six semaines de guet et garde qu'il devait à son suzerain.

— Les temps sont bien changés, répondit le sire de Ronchamp ; quand j'étais à l'âge où vous êtes, Philippe, on n'abordait pas si facilement qu'aujourd'hui ce val de la Colombine, vers lequel nous nous dirigeons ; on y trouvait d'effroyables fondrières, et les bêtes féroces rendaient ce passage dangereux ; mais maintenant, grâce à Notre-Dame du castel de Vesoul, cette solitude a fleuri, et Béthanie est devenue le rendez-vous des nobles guerriers et des saints personnages.

— Qu'est-ce que Notre-Dame du castel de Vesoul peut avoir à démêler dans cette affaire, demanda étourdiment Philippe ?

— Jeune homme, répliqua le vieux chevalier, il ne faut point parler légèrement des choses que l'on ne connaît pas ; vous arrivez dans nos contrées, et vous ignorez encore la touchante histoire de la fondation de Béthanie ; si vous la connaissiez et si, comme moi, vous en aviez vu le héros, votre langage serait bien différent.

— Il est vrai, j'ai parlé sans réfléchir, répondit courtoisement Philippe, et je veillerai sur moi ; mais aussi vous voudrez bien me raconter, chemin faisant, l'histoire de cette abbaye dans laquelle nous allons séjourner, et me dire la part que Notre-Dame et les sires de Faucogney ont prise à sa fondation.

— Bien volontiers, Philippe. Plus tard, on dira que ceci est une légende, mais je puis bien vous assurer que c'est une histoire vraie, puisque j'en ai connu les personnages, j'ai même pris part à quelques-unes de ses scènes, et d'ailleurs elle ne remonte pas à plus de trente années.

Lorsque les seigneurs et les peuples chrétiens se levèrent en masse pour aller délivrer le tombeau de notre Rédempteur et repousser les Sarrasins qui le profanaient, le sire de Faucogney, Gislebert, IIe du nom, était trop avancé en âge pour prendre part à cette noble expédition, et son petit-fils Aymes, seul héritier de son nom et de sa maison, était encore enfant. Le vieillard et l'enfant pleurèrent bien fort quand ils virent partir leurs cousins Renaud et Etienne de Bourgogne avec la fleur des chevaliers du comté. Aymes, qui sentait déjà le sang des Faucogney bouillonner dans ses veines, promit alors qu'un jour il irait, lui aussi, « *en Jérusalem*, » et ce pieux voyage fut le rêve de sa vie.

Les troubles survenus dans notre pays l'empêchèrent pendant longtemps de mettre ce projet à exécution; d'ailleurs, le royaume de Jérusalem se soutenait assez bien, et ses rois faisaient même des conquêtes; mais lorsque Baudoin II fut fait prisonnier pour la seconde fois, le sire de Faucogney crut que le moment était venu d'aller secourir les saints lieux. C'était au mois de septembre de l'an 1130; je faisais ma garde habituelle au château, lorsqu'il m'appela et me conduisit sur la plate-forme de la maîtresse tour afin de me parler sans témoin.

« Gérard, me dit-il, je vous connais pour un bon et féal chevalier, et veux vous donner marque de confiance, telle que oncques n'en saurais donner plus grande. Les mécréants se jactent de reprendre le saint sépulcre du béni Sauveur. Par ma bannière! ils ne le reprendront pas, ou bien serai mort avant. C'est à vous, cher et féal ami, que je confie la garde de ma bonne et douce Elvis, de mon petit Gislebert et de sa sœur, et aussi le soin de défendre mes forteresses et domaines contre tel qui oserait courir sus. »

A ces mots, je me mis à pleurer, et lui aussi versa quelques larmes, mais me dit bientôt : « Les larmes conviennent à femmes et enfants, mais point à vaillants chevaliers. La chose est décidée; tôt après la Chandeleur, je pars avec mon beau-frère Humbert de Salins, et de ceci en parlez mie jusqu'après Noël. »

Je gardai le secret, mais quand vint la Chandeleur, il fallut bien partir. Madame Elvis accompagna notre sire jusqu'à Vesoul, et eut si grand chagrin de son départ, que c'était merveille qu'elle n'en mourût pas. Révérend Père en Dieu Monseigneur Ansério, archevêque de Besançon, reçut magnifiquement notre troupe et la bénit aux acclamations de la multitude.

J'accompagnai mon maître jusqu'à Salins. Il conduisait avec lui, au pays d'outre-mer, six écuyers et vingt archers, tous de sa terre. Les deux archers les plus habiles étaient, l'un de Franchevelle, nommé Thierry, l'autre de Quers, nommé Guillaume. Je leur avais recommandé en secret de veiller toujours sur le cher sire, et de conserver de tout leur pouvoir une vie aussi précieuse. Ils se sont bien acquittés de leur devoir et sont devenus des martyrs que Dieu a reçus dans son saint paradis.

Arrivé en Palestine, Aymes fit bientôt sentir aux Sarrasins la force de son bras. Bon sang ne saurait mentir, et la lourde épée de Faucogney devint si redoutable qu'au bout d'un an de séjour en Jérusalem, notre sire était devenu la terreur des mécréants, qui, maîtres d'Ascalon, rôdaient toujours sur les frontières du royaume chrétien. Ils voulurent avoir mort ou vif l'émir de Falconin — c'est ainsi que ces infidèles défiguraient son nom — ils lui tendirent des embûches.

Un soir, veille de Saint-Jean-Baptiste, ils le surprirent dans une reconnaissance qu'ils faisaient auprès de Béthanie, à une lieue seulement de Jérusalem. Aymes n'avait auprès de lui que quelques hommes; ils se battirent comme des lions, mais à la fin le nombre l'emporta; un de ces traîtres infidèles lui ayant jeté autour du cou une grande corde de cuir pour l'étrangler, il tomba et perdit connaissance. Quand il revint à lui, il était lié solidement sur un chameau qui l'emportait vers Ascalon.

Ses fidèles archers, Thierry et Guillaume, avaient été saisis et ramenés avec lui, parce qu'on espérait tirer d'eux une bonne rançon, mais quand les Sarrasins virent que ces hommes n'étaient pas chevaliers et ne voulaient point renoncer à leur foi, ils prirent le parti de les occire dès le lendemain.

Avant de mourir, Thierry et Guillaume, en vrais chrétiens qu'ils étaient, se confessèrent à notre sire, qui leur donna l'absolution *tant comme il put, et oncques ne se recorda de ce qu'ils lui avaient dit.* Ils lui recommandèrent leur jeune famille. « Or, voyez, mes amis, reprit notre sire, ne suis présentement guère plus en sûreté que vous, au milieu de ces mécréants; mais si jamais revois la terre de Bourgogne, les vôtres seront libres dans ma maison et terre, et auront tout ce qui leur fera plaisir. »

Trois mois se passèrent, pendant lesquels notre sire souffrit des tourments indicibles dans sa prison, tellement que pour le forcer à renier le Sauveur, on lui donnait à manger bêtes puantes et serpents coupés en menus morceaux.

Le roi Foulque, voulant venger son meilleur chevalier, livra bataille aux infidèles, et en tua près de trois mille dans une seule matinée, de sorte que ceux d'Ascalon, furieux de la défaite, voulurent mettre notre sire à mort; un de ces mécréants entra dans sa prison, et, le saisissant par les cheveux, leva son sabre en s'écriant : « Chien de chrétien, tu périras avant que le soleil soit couché. » A quoi notre sire répondit : « Mieux vaut mourir que de vivre comme je le fais. » Mais quand le mécréant fut sorti, le pauvre prisonnier pleura en songeant à sa douce Elvis, à ses chers enfants, à ses beaux châteaux de Faucogney et de

Vesoul; il pleura encore plus en songeant qu'il mourrait sans les secours de la sainte Eglise... « Bonne Vierge de mon chastel de Vesoul, dit-il enfin, si me tiriez de la main des infidèles, ferois bastir dans ma terre une église en votre honneur et une maison pour les frères de Cîteaux; mais, puisque je dois mourir demain, assistez-moi à mes derniers moments, et que ma mort soit à la gloire de mon Sauveur et du nom chrétien que je suis venu défendre. »

Quand il eut ainsi prié et fait le sacrifice de sa vie, mon noble maître se trouva merveilleusement reconforté et s'endormit. C'était le 7 septembre de l'an 1132; il y a aujourd'hui vingt-neuf ans.

Lorsqu'il se réveilla, sa première pensée fut celle de la mort qu'il allait endurer. Mais quel fut son étonnement en voyant qu'il n'était plus dans sa prison! Il ne restait à son bras gauche que l'anneau de la chaîne qui servait à le lier; un ruisseau coulait à ses pieds; de grands arbres, qui n'avaient rien de commun avec ceux de l'Orient, ombrageaient sa tête, le silence le plus profond régnait autour de lui... Il se frotta les yeux, regarda les misérables haillons qui le couvraient, et essaya de se lever. Trois mois de souffrances et de privations l'avaient tellement affaibli qu'il avait peine à marcher. Il reconnut pourtant qu'il était dans une vallée couverte de bois et essaya de gagner la hauteur pour reconnaître le pays. O surprise! il aperçoit des montagnes absolument semblables à celles de sa terre chérie; l'illusion est complète, voilà les gorges de l'Ognon, défendues par Chastel Humbert, puis le val de Melisey, le sanctuaire de Ronchamp, et dans la plaine, une basilique dont les tours élancées ressemblent à celles de Lure...

En ce moment, un bruit confus de voix, se dirigeant de son côté, vient lui rappeler qu'il doit mourir tout à l'heure; sans doute, ce sont les bourreaux qui approchent... Mais non, à leur accent il reconnaît une caravane de marchands lombards, et rassemble le reste de ses forces pour s'approcher d'eux.

Un valet qui le vit le premier sortir de l'épaisseur de la forêt fit un grand signe de croix, et le maître qui venait ensuite tira l'épée à tout événement. Mais notre sire inspirait plutôt la pitié que la terreur; ses cheveux hérissés, sa barbe en désordre et son effrayante maigreur disaient assez ce qu'il avait souffert.

— Chrétiens, mes amis, dit-il, voudriez-vous m'indiquer dans quel pays du monde je me trouve?

— Vous êtes en Bourgogne, répondit le valet, dans un lieu qui se nomme le Mont-Jarrot, sur le chemin qui conduit de Genevreuille à

Luxeuil... Le pauvre captif croyait rêver, lorsque tout à coup un des marchands s'écria : « O Dieu, c'est le sire Aymes de Faucogney, une de nos meilleures pratiques ! Qui donc vous a mis en cet état, seigneur ? »

Et le généreux croisé leur raconta en peu de mots sa lamentable histoire, qui allait avoir un si heureux dénouement. Tous se mirent à genoux et remercièrent la bonne Vierge du castel de Vesoul, qui avait délivré le pauvre prisonnier confiant en elle. Ils lui donnèrent à manger, le revêtirent d'un habit convenable à son rang, et résolurent de le conduire eux-mêmes jusqu'à Faucogney après qu'il se serait un peu reposé à Dambenoît.

Tandis que cela se passait, il y avait grande tristesse au château de Faucogney. Huit jours auparavant, un pèlerin arrivant de Terre sainte nous avait annoncé la captivité et la mort de notre maître, et le surlendemain de la Nativité de Notre-Dame devait avoir lieu, dans l'église du mont Saint-Martin, un service mortuaire pour suppléer aux funérailles que lui avaient refusées les infidèles.

Tous les seigneurs et les clercs du voisinage y étaient invités, le pays était en larmes et déplorait la perte d'un si bon seigneur. Messire Aubry, curé de Dambenoît, chez qui les marchands lombards conduisirent d'abord le sire de Faucogney pour lui faire prendre quelque repos, était un homme prudent. Il connaissait la douleur de dame Elvis, et il voulut la faire prévenir, de peur qu'elle ne mourût de joie en revoyant son époux.

Un de ses neveux, qui était déjà clerc fort habile, quoiqu'il eût à peine quinze ans, partit avec deux anciens archers du village, pour porter la nouvelle au château. Ils suivaient le chemin des bois et seraient arrivés bien avant le coucher du soleil sans une rencontre qui leur fut fatale.

Le garde-chasse des forêts où se trouve aujourd'hui Magnivray, apprenant des vieux archers, qui étaient ses amis, le retour inespéré du sire de Faucogney son maître, ne crut pouvoir mieux témoigner sa joie qu'en déterrant une grande cruche de vin de la Motte, qu'il avait remportée pour prix de son adresse à tirer de l'arc. Les trois fidèles serviteurs étaient si joyeux, et trouvèrent le vin si bon, si bon, qu'ils s'oublièrent; et, malgré les efforts et les prières du jeune clerc, qui ne buvait que de l'eau, ils furent incapables de continuer leur chemin.

Tandis que les messagers oubliaient ainsi leur mission, la caravane avait quitté Dambenoît pour se diriger sur Faucogney. Il y avait trois heures que le soleil était couché lorsque la troupe arriva sous les murs du château, fort étonnée de n'apercevoir aucun préparatif de réception pour une circonstance aussi solennelle.

La vigie de la grande porte signala son approche ; le sergent d'armes, redoutant quelque surprise, voulut faire lui-même les questions d'usage, et demanda le mot du guet, auquel nul ne put répondre. Le sire Aymes, affermissant sa voix qui tremblait, voulut se faire reconnaître et répondit : « Je suis votre seigneur, Aymes de Faucogney ; je reviens, délivré de la main des mécréants, vous demander..... »

La terreur s'empara du sergent, qui reconnut la voix et, croyant à une apparition surnaturelle, s'imagina que le défunt venait demander des prières. Ordonnant à ses hommes de rester immobiles, il sortit sous prétexte de me consulter, courut d'abord au chapelain pour le prier de venir conjurer l'esprit, et entra dans la grande salle du donjon, où nous étions réunis, en criant : Aux armes ! Chacun, croyant à une attaque nocturne, se saisit d'une hache ou d'une épée, et courut vers la grande porte ; le chapelain y était déjà, ayant d'une main un livre de prières, et de l'autre le grand bénitier de la chapelle. A sa demande, on fit silence, et il allait exorciser l'esprit, quand notre sire, qui avait reconnu sa voix, lui cria : « C'est vous, messire Georges, mon bon chapelain ! Faites-moi donc ouvrir ces portes pour l'amour de Dieu et de Notre-Dame..... »

Un silence effrayant accueillit ces paroles ; chacun reconnaissait la voix du noble sire, mais la certitude de sa mort empêchait de croire que ce fût autre chose qu'un esprit ou un traître qui parlait. — Bientôt, cependant, le dialogue qui s'établit entre le chapelain et l'esprit prétendu ne laissa aucun doute sur la réalité de la merveille qui s'était opérée ; les marchands, qui étaient fort connus au château, joignirent leur témoignage à celui de sire Aymes ; je fis baisser le pont-levis, et je vous laisse à penser quelle joie transporta les cœurs à la vue de ce cadavre ambulant qui était le haut et puissant seigneur de Faucogney.

Au lieu du service mortuaire indiqué pour le surlendemain, on chanta un *Te Deum* solennel dans l'église du mont Saint-Martin, et tout le pays fut en liesse. Notre sire avait encore l'anneau et trois chaînons de sa chaîne rivés au bras gauche. A l'offertoire de la messe, un serrurier vint l'enlever, et le prisonnier, en les déposant sur l'autel de Saint-Martin, jura qu'il tiendrait bientôt sa promesse à Notre-Dame, et que le monastère nouveau, élevé par ses soins, porterait le nom commémoratif de Béthanie.

Trois jours après, il écrivait à saint Bernard, le grand abbé de Clairvaux, de lui envoyer des moines au printemps suivant, et une colonie sortie de Morimond, au diocèse de Langres, vint bientôt défricher les bois et la vallée où le sire de Faucogney s'était trouvé miraculeusement transporté depuis les souterrains d'Ascalon.

Les abbayes de Luxeuil et de Faverney joignirent leurs libéralités aux siennes ; le travail des religieux fit le reste, et maintenant Béthanie est un des monastères florissants de la contrée, comme vous pourrez vous en convaincre ce soir en le visitant.

Gislebert, fils d'Aymes, se fait un devoir d'y assister chaque année aux offices de Notre-Dame de septembre, en souvenir de la délivrance de son père, qui eut lieu ce jour-là, comme il visite aussi annuellement, à la même époque, Notre-Dame du castel de Vesoul, à qui le pauvre captif s'était recommandé.

Philippe avait écouté attentivement ce récit, et allait demander de nouveaux détails, lorsque le bruit des trompettes et claronceaux annonça qu'on approchait de la fontaine Sainte-Vaudre, près de laquelle le rendez-vous général et la première halte étaient fixés.

IV.

On a beaucoup écrit sur les droits féodaux, et fait de justes reproches aux seigneurs de la jalousie avec laquelle ils se réservaient les droits de chasse et de pêche. Avant de les condamner si hautement, il faudrait considérer si les simples bourgeois qui chassent de nos jours sont moins jaloux de ce droit qu'ils achètent pour 25 francs, et si les paysans du XIXe siècle ont pour la chasse beaucoup plus de latitude que ceux du XIIe.

En ce temps-là on donnait les étrivières au manant pris en délit ; aujourd'hui on lui inflige une forte amende et quelquefois la prison. Les deux systèmes ont leurs inconvénients.

Comme tous les autres seigneurs, les sires de Faucogney tenaient à leurs droits de chasse et de pêche ; mais ils en étaient d'autant moins jaloux, que leurs immenses domaines étaient couverts de forêts considérables et semés d'étangs abondants en poissons. Depuis Corravillers jusqu'à Montigny-les-Dames, et depuis Servance jusqu'à Colombe-lez-Vesoul, les sires de Faucogney pouvaient voyager à l'ombre de leurs grands chênes, dit une vieille chronique.

Le long de la route qu'ils tenaient pour gagner leur château de Vesoul, étaient échelonnées des habitations et des chapelles qu'ils se plaisaient à visiter, et auprès desquelles ils prenaient leur repos. Saint-Hubert de

Magnivray, Sainte-Vaudre de Franchevelle, Notre-Dame de Bithaine, Saint-Urbain de Saulx, Notre-Dame de Calmoutier, marquaient d'ordinaire les étapes de ce voyage.

A peine Gislebert était-il arrivé près de la fontaine de la sainte bergère, dont les reliques reposent encore dans l'église de Quers, qu'un personnage étrange vint annoncer avec force gambades qu'on avait fait une capture magnifique.

Le bizarre accoutrement de ce messager ne laissait aucun doute sur le rôle qu'il remplissait. Un bonnet de cuir dentelé à la manière d'une couronne royale, et d'où s'échappait une longue bande de cuir terminée par trois grelots, un haut de chausse couleur pourpre, une jaquette jaune semée de figures grotesques, un grand sabre de bois au côté, et une corne de bélier en guise de cor de chasse, complétaient son accoutrement. Autour de son cou, un cercle d'argent portait cette inscription : *Bibi le Fou, fils de Gousse-d'Ail, appartient à Gislebert de Faucogney.* C'était un de ces bouffons que les grands seigneurs d'alors entretenaient dans leurs châteaux pour s'égayer de leurs facéties. Bibi était né à Brotte ; Alard de Chatenois, sire de Brotte, l'ayant trouvé disgracié de corps, mais plein d'esprit naturel, en avait fait présent à Gislebert son suzerain, et comme on commençait alors à joindre le nom de son père au sien propre, on l'appelait Bibi Gousse-d'Ail.

A peine le fou eut-il parlé, que quelques archers s'avancèrent portant deux superbes chevreuils, et conduisant avec eux deux paysans surpris au moment où ils abattaient ces animaux à coups de flèches. Le délit était évident, et les deux coupables s'attendaient à une bastonnade d'autant plus rude qu'ils étaient les hommes du sire de Faucogney, et que la chasse n'avait point été heureuse pour lui ce jour-là.

Gislebert voulut les interroger et porter lui-même leur sentence ; ils avouèrent sans peine qu'ils étaient coupables, mais qu'une circonstance extraordinaire les avait poussés à cet acte qui n'était point dans leurs habitudes, et que leur cousine Guillemette, nièce de Guillaume, se mariant ce jour-là même avec Guillaume fils de Thierry, ils avaient voulu faire une surprise aux gens de la noce en les régalant de venaison.

— D'où sont Thierry et Guillaume, demanda le noble sire ?

— Thierry était de Franchevelle, et Guillaume de Quers ; tous les deux sont morts en guerre sainte contre les Sarrasins.

— Par la lance de saint Jacques ! s'écria Gislebert, si vous dites vrai, nous irons tout à l'heure faire la noce avec vous ; si vous dites faux et nous trompez, on vous pendra haut et court.

La réponse des braconniers avait réveillé dans l'âme du sire de Faucogney le désir de connaître les rejetons de ces nobles archers qui avaient sauvé la vie à son père, et qui étaient tombés en vrais chrétiens sous le cimeterre des infidèles. Certes, son père avait tenu la promesse faite aux deux martyrs le jour de leur mort. Il avait donné la liberté aux familles des deux hommes qui s'étaient dévoués pour lui, une portion de terre fertile et exempte de toute servitude leur avait été accordée, et chaque année le receveur du domaine seigneurial devait leur payer, au jour de saint Jean-Baptiste, une rente suffisante pour les maintenir dans une honnête aisance; mais l'occasion était trop belle pour que le sire de Faucogney n'ajoutât point une nouvelle faveur aux anciennes.

Ne touchait-on pas, d'ailleurs, au jour anniversaire de la délivrance de son père, et n'avait-il pas coutume en ce jour de faire des heureux ?

— Où se fait le repas des noces, demanda-t-il ?

Les paysans répondirent gaillardement : « Seigneur, il y aura deux repas : celui du matin, au sortir de la messe, doit se faire sous le grand chêne de Quers, près de la maison de Guillaume. Après les vêpres, le cortége ramènera la mariée à Franchevelle, et le repas du soir se fera dans la maison de Guillemette.....

— Où l'on fera mémorable bombance avec la venaison du sire de Faucogney, tandis que nous ferons carême à Bithaine, murmura Bibi Gousse-d'Ail.

Gislebert imposa silence à son bouffon, dont le goût beaucoup plus prononcé pour le filet de chevreuil que pour les fèves et les pois chiches de l'abbaye n'était un mystère pour personne, et donna ordre aux archers de porter leur capture à la maison de la mariée, et de laisser partir les délinquants pour cette fois seulement, et eu égard aux circonstances exceptionnelles, dont il leur accordait tout le bénéfice. Après quelques instants de repos, le cortége reçut l'ordre de tirer droit à Quers.

— Eh bien, dit le sire de Ronchamp au jeune d'Anglure, vous aviez tout prévu dans votre programme, et vous ne prévoyiez guère que nous allions à la noce !

— Je commence en vérité à trouver votre pays charmant, répondit Philippe, et je soupçonne que cette histoire nous en amènera quelque autre. Dans tous les cas, je serai fort aise de voir une noce de village honorée d'une visite aussi noble qu'elle est inattendue.

Bientôt on arriva devant l'église paroissiale de Quers.

Comme toutes les églises rurales d'alors, Saint-Martin de Quers était une chapelle dont les murailles épaisses, les étroites fenêtres et la lourde voûte ne donnaient pas une idée bien haute du talent de l'architecte ou des ressources du pays. Quatre gros piliers perdus dans l'épaisseur des murailles supportaient le clocher, en avant duquel s'étendait la nef, ajoutée depuis peu au sanctuaire primitif.

Autour de la chapelle, une trentaine de cabanes formaient le gros de la paroisse, dont les autres habitations étaient dispersées dans les hameaux et dans les bois voisins.

Chez nos aïeux, un jour de mariage était une solennité hors ligne. Aujourd'hui il est de bon ton dans le grand monde d'en faire une pure formalité, après laquelle le mari et la femme se sauvent en Suisse ou en Italie comme s'ils avaient commis un crime, tandis que les parents et les amis se dispersent comme un attroupement illicite et dangereux. Nos campagnes, en conservant les vieux usages, nous semblent bien mieux comprendre le but et la fin honorable de la plus sainte des unions. Pour elles, l'amour conjugal n'est pas, comme on l'a dit, *un égoïsme à deux*, mais une union intime dans une union plus grande, une famille greffée sur une autre et appelée à soutenir l'honneur de toutes deux.

Voilà pourquoi, sans doute, toutes les familles de Quers et de Franchevelle étaient représentées aux noces de Guillaume et de Guillemette. Le ban et l'arrière-ban des cousins avait été convoqué. Les filles de Franchevelle, remplissant l'office de ces dames d'honneur que nos vieux manuscrits appellent « les paranymphes des espousailles, » entouraient leur compagne, revêtue ce jour-là d'habits au long corsage, et chaussée de souliers en peau de daim dont la pointe avait une palme de long. Une couronne de roses blanches ornait sa tête, et la croix de sa défunte mère était suspendue à son cou.

Guillaume avait acheté, des marchands lombards qui sillonnaient le pays, un splendide justaucorps de ratine verte, et ses chausses de drap marron, taillées et assemblées par le « *costurier* » de Luxeuil, tranchaient admirablement sur les brodequins de cuir jaune et rouge qu'un soldat du pays lui avait rapportés de l'Orient, en souvenir de son père.

L'assistance écoutait avec respect la petite exhortation que le vieux curé de Quers faisait aux époux. Les paroles de ce prêtre vénérable étaient d'autant mieux écoutées, qu'il était lui-même frère de l'archer Guillaume tombé sous le glaive des infidèles, et qu'il rappelait aux fiancés l'obligation de se montrer dignes des deux martyrs qui avaient honoré leur famille,

Le sire de Faucogney entra dans ce moment avec ses principaux chevaliers. Le célébrant, sans interrompre les cérémonies sacrées, fit signe au noble seigneur de prendre la place d'honneur qui lui appartenait comme bienfaiteur de l'église, et unit les fiancés en sa présence. A l'offrande, les jeunes époux offrirent, selon l'usage, le pain et le vin, et quand le sacrifice fut terminé, le sire de Faucogney voulut sceller du pommeau de son épée l'acte de mariage de *« ses borjeois. »* C'est sous ce titre que Guillaume et Guillemette furent inscrits dans le registre paroissial, car ils étaient de condition libre.

Au sortir de l'église, le ménétrier du pays, armé de la chabrette, espèce d'instrument à vent dont l'outre gonflée affectait la forme un peu vulgaire d'un gigot de mouton, attendait la noce pour la reconduire au logis en *cornant* ses plus beaux airs. Mais cette fois la chabrette eut tort, car ses sons criards furent couverts par les éclats retentissants des clairons et des cors de l'escorte, qui voulaient aussi faire hommage aux jeunes mariés. Le sire de Faucogney conduisait lui-même la mariée, toute confuse de tant d'honneur, et les hommes de sa suite, comprenant l'intention du maître, faisaient entendre leur plus brillante fanfare, leur plus joyeux virelai.

Les tables étaient dressées en plein air, sous de grands chênes peu éloignés de l'église. Les apprêts du festin rappelaient les industries de la cuisine primitive. Des barres de fer, transformées en broches, supportaient deux veaux et un porc rôtissant devant un vaste brasier. Deux immenses chaudières, empruntées pour la circonstance à l'abbaye de Luxeuil, contenaient les viandes bouillies qui devaient servir au repas de l'assistance.

Nos aïeux tenaient moins à la qualité des mets qu'à la quantité. A l'exemple d'Abraham, qui tuait un veau pour recevoir trois hommes, ils immolaient, pour un seul repas, un nombre fabuleux de quadrupèdes et de bipèdes ou volatiles, comme on disait en ce temps. Les noces actuelles de nos riches paysans, ou les hécatombes que l'on immole encore pour les fêtes patronales de nos villages, nous montrent ce que l'on pouvait faire dans ces temps d'appétits héroïques où la viande ne coûtait presque rien.

Le sire de Faucogney fut mis à la place d'honneur, en face des deux époux, qui durent ce jour-là, suivant l'antique usage gaulois, manger sur la même assiette et boire dans la même coupe. Les provisions de l'escorte, jointes à celles de la noce, permirent de donner satisfaction à l'appétit de tous, et le vin de Vesoul, qui coulait à pleins bords dans les cornes de bœuf servant de verre à boire aux convives, donna bientôt de la contenance aux plus timides. Sur la fin du repas, le son des trompes et des cors annonça que le sire de Faucogney allait prendre la parole : il se fit un profond silence.

« Mes chers amis, dit Gislebert en s'adressant aux époux, j'ai voulu assister à votre noce pour prendre part à votre joie, et surtout pour honorer la mémoire de vos parents, morts au voyage d'outre-mer en bons et loyaux chrétiens. Si mon noble père — à qui Dieu pardonne — était vivant, il vous aurait, aujourd'hui plus que jamais, accordé ce qui vous eût fait plaisir. Je veux agir selon ses intentions, et vous faire aussi mon cadeau de noces. Parlez, et demandez-moi ce que vous voudrez, je vous l'accorderai sur-le-champ, pourvu que la demande soit raisonnable et son accomplissement possible. »

Guillaume répondit : « Seigneur, vous avez fait plus que nous ne pouvions espérer en daignant assister à notre mariage et prendre part à notre joie. Il me semble n'avoir besoin de rien pour moi-même ; grâces, après Dieu, à votre noble père, je suis libre et assez riche pour ne désirer aucun bien ; mais j'ai deux amis pour lesquels j'oserais demander une faveur : ce sont des cœurs généreux, mais ils sont serfs ; serait-ce trop exiger que de demander pour eux la liberté ?

— Vous-même avez le cœur trop généreux, répliqua le sire de Faucogney, pour que je ne fasse point droit à une demande qui vous honore. Qu'on les amène. »

Guillaume dit quelques mots à un serviteur, et peu d'instants après, deux robustes paysans parurent devant l'assemblée.

« Je les connais, vos amis, s'écria Gislebert ; par mes tourelles, ce sont d'habiles tireurs, qui ont tué mon gibier ce matin ! A genoux ! dit-il aux deux serfs. » Martin et Desle s'agenouillèrent, et le sire de Faucogney prononça ces paroles solennelles : « En souvenir de mon père, en souvenir de Guillaume et de Thierry, je déclare que vous n'êtes plus ni serfs ni vassaux, mais hommes libres, et je vous donne à chacun deux arpents de terre à prendre sur mon bien de Rignovelle ; ils passeront à vos héritiers. »

L'assistance applaudit, Martin et Desle ne se possédaient plus de joie : « Une lime, une lime, criaient-ils, qu'on nous ôte ce collier d'esclave ! Vive notre sire Gislebert ! Notre reconnaissance pour lui ne finira qu'avec la vie ! »

Ce fut au tour de Guillemette d'exposer sa demande. Une pensée ambitieuse avait traversé son esprit. Peut-être aussi le vin blanc de la Motte de Vesoul, qui coulait à flots dans les coupes des invités, exerçait-il une fascination irrésistible sur la langue et le cerveau de la nouvelle épousée... Elle fit sa demande en ces termes :

« Seigneur, nous possédons, comme l'a dit Guillaume, assez de biens pour borner nos désirs ; seulement il a oublié une chose, notre terre ne produit pas de vin ; il ne nous faudrait qu'une vigne, et si nous avions votre vigne de la Motte, il me semble que rien ne manquerait à notre bonheur. »

L'assemblée parut surprise de cette demande, et le sire de Faucogney fronça le sourcil. C'est qu'il tenait à sa vigne. Son grand-père, Gislebert, IIe du nom, l'avait fait planter vers le temps de la fondation du prieuré de Marteroy ; ses pampres vigoureux formaient une verte ceinture qui entourait gracieusement les murailles noircies de la vieille forteresse, et le *castellum Vesullum* n'était pas seulement une des plus solides places d'armes du comté de Bourgogne, mais aussi des plus agréables, parce que la montagne sur laquelle il se dressait fièrement était cultivée et de grand rapport. C'est de là que les sires de Faucogney tiraient exclusivement les vins d'honneur qu'ils offraient aux chevaliers et même aux princes qui venaient les visiter, et quand on tirait du trésor seigneurial les coupes d'argent et le hanap d'or des circonstances solennelles, on n'y versait jamais d'autre vin que celui de la vigne du château, et on l'appelait le vin de Faucogney.

La demande de Guillemette était donc imprudente et déraisonnable ; mais Gislebert, lié par sa parole, ne voulut point se rejeter sur l'impossibilité d'y donner suite. « Gentille dame, lui dit-il, quoiqu'il soit dur pour moi de me dessaisir de mon plus bel héritage, je vous ferai raison ; mais voici les conditions que j'y mets : c'est que, d'ici à un an, vous rendiez votre mari aussi heureux qu'il est digne de l'être, et que tous les nouveaux mariés de ma terre soient admis à prouver, comme vous, que ma vigne seule manque à leur bonheur. »

La restriction imposée par le sire de Faucogney fit comprendre à Guillemette l'impertinence de sa demande ; mais la condition était si facile à remplir, elle aimait tant Guillaume et se sentait si bien payée de retour, qu'elle était assurée du succès et ne put contenir l'expression de sa joie en remerciant le noble sire du précieux cadeau de noce qu'il lui faisait. Toute la parenté, espérant bien avoir quelque part dans le produit de la célèbre vigne, vida une coupe de vin vieux pour saluer la brillante donation qui lui présageait pour l'avenir des flots de vin généreux

— Je crois, dit Albert en m'interrompant, que vous feriez bien d'imiter la parenté de Quers et de vous rafraîchir un peu ; voilà longtemps que vous lisez. Nous profiterons de ce moment de repos pour faire nos observations sur le récit de l'excellent capitaine.

— Savez-vous, dit à son tour Albéric, que ce récit m'intéresse vivement. Il me tarde de savoir ce que deviendront cette chère vigne, cette pauvre Guillemette et ce généreux Gislebert.

— Je suis plus en peine de Guillemette que de la vigne et du sire, continua le judicieux Albert. Un an de bonheur ! pauvre femme, elle ne savait pas combien c'est long ! Mais il y a dans le récit du capitaine Tranchant quelque chose qui me choque. On voit qu'il connaît parfaitement nos pays, il n'hésite pas un moment dans les évolutions qu'il fait exécuter à ses héros, mais il me semble user quelquefois de la liberté du romancier plutôt que de l'exactitude de l'historien. Où trouve-t-il, par exemple, ailleurs que dans son imagination, la garde de six semaines que les chevaliers de Ronchamp devaient au sire de Faucogney, le chemin de Genevreuille à Luxeuil, les églises paroissiales de Quers et Dambenoît au XIIe siècle, et surtout la célébrité ou seulement la bonté du vin de la Motte, que je conteste en toute connaissance de cause ; car quand j'étais au collége de Vesoul, j'ai souvent goûté de ce nectar, et s'il est vrai que les princes du temps en faisaient leurs délices, je maintiens qu'ils n'avaient pas de goût ou qu'ils étaient excessivement mortifiés. L'oncle Tranchant a-t-il songé à tout cela, et son savant neveu pourrait-il le défendre ? En garde, Amédée !

— Messieurs, vous en serez pour vos frais, car mon oncle était prêt à rendre compte de tout. Sachant bien que ce qui est vrai n'est quelquefois pas vraisemblable, il avait soin d'indiquer toujours par des notes marginales les autorités sur lesquelles il s'appuyait et les sources où il puisait les éléments de son récit. La réponse au scrupule d'Albert touchant les six semaines de garde du sire de Ronchamp est tirée des archives de la chambre des comptes à Dijon (série B, n° 1060), où l'on voit en outre que plusieurs autres vassaux du voisinage étaient tenus au même service envers leur suzerain. Quant au chemin de Genevreuille à Luxeuil, une charte de l'abbaye de Bithaine conservée à Vesoul le mentionne expressément à cette époque et l'assigne pour limite au territoire des moines. Je trouve même jointe à cette indication une note assez piquante à propos d'un chemin de moyenne communication tracé depuis peu et qu'on nous représente comme un immense progrès, une découverte surprenante, tandis qu'il existait déjà au XIIe siècle. Les preuves pour Quers et Dambenoît ne sont pas plus difficiles à trouver ; une charte de 970 donne la première de ces paroisses à Luxeuil, et l'autre à Lure, et le cartulaire de l'archevêché démontre qu'en 1189, Quers fut donné au chapitre métropolitain par l'archevêque Thierry de Montfaucon partant pour la croisade. Quant au vin de la Motte, les comptes généraux de l'ancienne terre de Faucogney prouvent qu'il avait une certaine renommée, puisque les amateurs venaient l'acheter depuis Lure, Belfort, Blamont et Porrentruy. Les souvenirs qu'Albert a rapportés du collége de Vesoul ne prouvent absolument rien, sinon que la qualité du vin s'est perdue et que la vigne a dégénéré. Son étonnement cessera peut-être s'il veut bien remarquer que nos aïeux n'étant pas plus insensibles que nous ne le sommes aux douceurs d'un verre de bon vin, et n'ayant pas les mêmes facilités pour se procurer des vins étrangers, cherchaient à améliorer les leurs. Ils ne conservaient que les plants des meilleures espèces. La législation elle-même intervint et défendit de repeupler les vignes autrement qu'avec le pineau, qui, chacun le sait, produit un vin d'excellente qualité.

Nos vieux moines agriculteurs n'avaient eu garde d'en planter d'autre; ils ont maintenu cet usage tant qu'ils ont subsisté. Mais depuis les immortelles conquêtes de 89, on a voulu la quantité avant tout, les bons plants ont disparu, et voilà pourquoi nous haussons les épaules quand nous lisons dans les écrits de Gilbert Cousin (1550), qu'on faisait des cadeaux de vin de Gy aux princes d'Allemagne ; pourquoi nous trouvons ridicules les seigneurs de Lorraine, d'Alsace et de Suisse, buvant à longs traits et avec volupté le vin de la Motte de Vesoul.

— En sorte que, d'après votre oncle, interrompit Albert, c'est aux victoires et aux conquêtes de la liberté que nous devrions l'invasion de ces vins bleus et violets qui déshonorent nos tables, et dont la conduite volage nous fait si souvent trembler à l'époque des grandes chaleurs... Si cela est, je renonce au bénéfice de la liberté, et je demande le rétablissement de l'ancien régime, qui avait du moins trouvé le secret de faire rivaliser les bords de la Mance et du Durgeon avec ceux de la Garonne et du Rhin.

— Je ne discute pas le fait. Je le constate. Envoyez maintenant une barrique de vin de Gy à Sa Majesté le roi de Prusse, ou une caisse de vin de la Motte au président de la confédération suisse, et vous verrez si les compliments et les résultats sont les mêmes.

— Les réflexions et les notes du capitaine prouvent parfaitement ce que vous avanciez tout à l'heure, conclut Albéric. Il connaît la partie et peut défendre avantageusement les faits qu'il expose et les particularités qu'il raconte. Avant de le contredire, il est à propos d'être bien orienté. Je suis persuadé qu'il a raison, mais j'avais besoin de le savoir pour comprendre quelque chose à la réputation du vin de la Motte, réputation si peu connue et pourtant si vieille, qu'elle me produit l'effet d'un ossement anté-diluvien dont personne ne soupçonnait l'existence jusqu'au jour où quelque chercheur intrépide vient le rendre à la lumière. Du reste, nous sommes au temps des réhabilitations et redressements historiques; je fais amende honorable et souhaite de grand cœur que l'avenir du vignoble de Vesoul soit aussi florissant que le fut son passé.

— Personne n'oserait contredire une aspiration aussi patriotique et aussi désintéressée, murmura Albert. Dites-nous maintenant comment finit la noce.

Parmi les usages que nos ancêtres avaient reçus des leurs, il en est un qui fut fidèlement conservé, et aux attraits duquel les paysans franc-comtois sont encore loin d'être insensibles, c'est celui des longs repas. La capacité indéterminée de leur complaisant estomac permit toujours aux vieux Bourguignons de rester cinq ou six heures à table sans éprouver d'autre difficulté que celle de quitter un exercice qui avait toutes leurs sympathies.

Il était plus de quatre heures quand le sire de Faucogney, laissant les invités à leurs sentiments de reconnaissance et d'admiration pour ses bontés, donna l'ordre du départ pour Bithaine.

V.

Le cortége se remit en marche et disparut bientôt sous les chênes de la forêt. On gravissait la colline derrière laquelle se trouve aujourd'hui le village de Citers, lorsque le fou vint caracoler autour de son maître en fredonnant un virelai que lui avait appris le ménétrier de Quers, et ouvrit la conversation selon le cérémonial des bouffons de son espèce, c'est-à-dire sans honte comme sans pitié.

— L'oncle Gislebert a bien envie de conserver sa vigne de la Motte, dit-il d'un air négligent; il la gardera sans aucun doute.

— Et pourquoi cela, sire fou, demanda le noble chevalier?

— Parce qu'il aurait mieux valu demander un merle blanc ou un cheval vert, que d'imposer à ces braves jeunes mariés de pareilles conditions. A-t-on jamais vu quelqu'un qui ait passé une année sans regretter d'avoir reçu ce sacrement. Vous-même, oncle Gislebert, n'auriez peut-être pas votre vigne, s'il eût fallu l'acheter à ce prix... et même on dit...

— Silence, misérable, s'écria le sire, sinon tu feras connaissance avec le pommeau de mon épée.

Bibi s'éloigna prudemment, en murmurant toutefois : « L'oncle Gislebert ne voit pas qu'en se fâchant il donne raison à son fou... »

Cette saillie adoucit le fier chevalier, qui rappela le bouffon.

— Pourquoi, lui dit-il, ces jeunes gens, à qui rien ne manque, ne seraient-ils pas heureux pendant un an ?

— Je n'en sais rien, mon très puissant maître, mais le mari, tout généreux qu'il soit, me paraît trop débonnaire, et la femme, trop altière et impérieuse ; c'est elle qui gâtera l'affaire... Au reste, un pauvre fou ne peut savoir ce qui arrivera ; peut-être voulez-vous établir l'ordre nouveau dont parlait au printemps le révérend prieur de Marteroy.

— De quel ordre parlait donc ce révérend prieur ? Que disait-il ?

— Presque rien, mais cela m'a bien consolé, puisque je serai toujours garçon. Une dame mal mariée est venue reprocher au révérend prieur de Marteroy d'avoir reçu son frère parmi ses religieux. Elle faisait grand tapage, disant que le jeune homme n'avait pas réfléchi, qu'il était mutin et volage, incapable de servir Dieu dans un cloître. Messire Humbert lui répondit doucement que le jeune homme, connaissant ses défauts, avait voulu faire deux années de noviciat, au lieu d'une seule exigée par la règle, et qu'ainsi le temps ne lui avait pas manqué pour réfléchir... La dame insista, se plaignant surtout de ce que son frère s'était engagé inconsidérément et pour toujours. A la fin, le bon vieillard, impatienté de ses ridicules doléances, lui dit : « Madame, serais-je indiscret de vous demander combien vous avez fait vous-même de noviciat avant de vous engager dans les liens indissolubles du mariage ? » La dame changea de ton : « Ah ! dit-elle, si j'avais fait seulement deux mois d'épreuve, cela m'eût suffi pour renoncer *à toujoursmais* à la profession ! » La leçon fut comprise ; la dame de Calmoutier, car c'était elle, s'est retirée sur-le-champ, laissant son frère tranquille et heureux.

J'étais présent à cette scène, je me la rappelle fort bien, et quand j'ai vu que vous imposiez à Guillaume et à sa femme l'épreuve d'un an, j'ai dit : Voilà le noviciat que la dame de Calmoutier avait oublié de faire. L'oncle Gislebert va marcher à l'égal de saint Bruno et du bienheureux Robert d'Arbrissel, et établir un ordre nouveau ; mais je n'entrerai pas dans son couvent, et n'attends rien de bon d'un noviciat qui commence trop tard...

— Bien raisonné pour un fou, dit tout bas Philippe d'Anglure au sire de Ronchamp. Nous n'oserions pas en dire autant, et nous ne dirions pas mieux...

L'histoire du fou avait mis le sire de Faucogney en belle humeur.

— Par le donjon de la Motte, dit-il à Bibi, tu me donnes une excellente idée. Si je fonde un ordre nouveau, tu seras le maître des novices !

— Et soyez sûr, répliqua le fou tout joyeux, que je remplirai scrupuleusement la charge, et surveillerai consciencieusement les postulants.

— Et si tu réussis, je te donnerai mon petit domaine de la Chaudeau avec le titre de seigneur de Quiquengrogne et un blason en rapport avec le titre.

— Quand dressera-t-on les statuts du nouvel ordre?

— Bientôt, et dès que nous trouverons des clercs capables de les rédiger. Laissez-moi seul maintenant, car je vais y réfléchir.

L'escorte devança le sire d'une centaine de pas, et, resté seul, il se mit à songer. Au fond, pensait-il, la prétention de cette femme est impertinente. Me demander la vigne de mon père, la vigne de mes aïeux ! Par mes tourelles ! je ferais belle figure devant le sire de Pesmes, le sire de Rougemont et le sire de Champlitte, qui sont si fiers des leurs, quand ils verraient la mienne au pouvoir d'un croquant qui m'en vendrait orgueilleusement les produits ! J'étais bien mal avisé vraiment de me lier par une promesse envers cette fille d'Eve, sans songer qu'elle pouvait être tout aussi exigeante que sa grand'mère du paradis terrestre !

Eh bien ! puisque la chose est faite, je n'aurai pas le démenti. Guillemette se mettra en mesure, et si elle ne réussit pas, mon cousin Sifroi, abbé de Luxeuil, ne refusera pas de me céder quelques arpents de ses nouvelles vignes d'Aïlliers, que j'aperçois à ma droite, qui seront aussi bonnes et bien plus à portée de nos jouvenceaux que ma vigne de la Motte.

En faisant ces réflexions, le sire de Faucogney arrivait à Damborain, aujourd'hui Dambenoît, vieille paroisse dont le patronage appartenait depuis deux cents ans à l'abbaye de Lure. Il ne manquait jamais de visiter le vieux curé, chez lequel son père Aymes avait quitté la toilette de prisonnier des Sarrasins vingt-neuf ans auparavant. Le bon vieillard était couché depuis six ans dans un cercueil de pierre, au devant du maître-autel de son église, mais son neveu l'avait remplacé. Ce neveu était précisément le jeune clerc victime de l'affection qu'avaient eue les deux archers ses compagnons pour le vin du garde de Franchevelle. Gislebert l'affectionnait; aussi le salua-t-il avec empressement lorsqu'il le vit s'avancer au devant de lui. « Eh bien, messire, sait-on quelque chose de nouveau? Serait-il vrai que le révérend archevêque de Tarentaise doit se trouver bientôt à Bithaine ?

— Cela est si vrai, répondit le curé, qu'il est arrivé depuis plus de trois heures, et que j'ai eu l'honneur d'assister à sa réception.

— Et quelle a été cette réception? demanda Gislebert avec anxiété.

— Elle devait être plutôt froide que brillante ; l'abbé de Bithaine craignait la colère de l'empereur Frédéric et de l'archevêque de Besançon, qui tiennent pour l'anti-pape Victor, tandis que le vénérable Pierre est un des plus ardents défenseurs d'Alexandre, qui est reconnu partout ailleurs que dans l'empire, comme pontife légitime. Mais la crainte a bien vite fait place à l'admiration ; quand on a vu cet homme, dont la réputation de sainteté et les prodiges sont connus de toute la terre, on a oublié l'empereur et le pape pour ne penser qu'au saint. La foule accourt de tout côté, chacun veut avoir un lambeau de ses vêtements, on les déchire et on se les approprie sans plus de façon. Il était temps qu'il arrivât au monastère, où il a fallu lui donner une robe neuve et solide pour le garantir contre les pieux larcins de la multitude.

» Je suis revenu passer la nuit dans mon presbytère, mais je crois qu'il sera bien inutile de faire les offices demain, tous ceux de mes gens qui pourront marcher voudront voir le saint, assister à l'office pontifical qu'il célébrera dans la nouvelle église, et je ferai comme eux. J'ai vu plusieurs chevaliers qui arrivaient déjà au monastère, où sans doute Votre Seigneurie va passer la nuit, car elle est sûre d'y trouver toujours de la place, tandis que plusieurs seront obligés, à cause de l'encombrement, de coucher à la belle étoile. »

En répondant aussi longuement au noble sire, le bon curé ne savait pas de quel poids il le soulageait. Dévoué comme l'était toute la noblesse comtoise au brillant monarque qui semblait avoir une prédilection marquée pour notre pays, Gislebert de Faucogney ne s'aveuglait pas au point de légitimer toutes les actions du jeune empereur. Malgré tous les récits semés adroitement par la cour sur l'élection du pape Alexandre III, il avait été impossible de cacher la légitimité de cette élection et de faire croire que l'ambitieux Octavien, parce qu'il avait saisi violemment les insignes d'une dignité que les suffrages lui avaient refusée, était le pape véritable.

Les chevaliers des rives droites de la Saône, qui ne reconnaissaient point l'autorité de Frédéric, ne laissaient pas ignorer les détails de ces faits à leurs voisins de la rive gauche, et Gislebert les avait appris récemment de la bouche d'un chevalier bourguignon dans un tournoi donné à Dole.

Sachant combien la situation était tendue et les rôles équivoques, il était charmé de voir que la crainte de l'empereur n'empêchait ni la noblesse ni le peuple de se porter à la rencontre d'un homme tel que Pierre de Tarentaise, le plus vaillant champion du pape légitime. Le nombre des coupables, si coupables il y avait, devenait si grand, que la répression était impossible, et que la voix du peuple semblait vraiment être la voix de Dieu.

Aussi, ce fut avec un visible contentement que le chevalier répondit au curé : « Certainement, messire, nous coucherons à Bithaine, et la circonstance est pour nous d'autant plus solennelle, que nous ferons le vingt-neuvième anniversaire de la délivrance de mon noble père, à qui Dieu pardonne...

— Et aussi l'anniversaire de la fondation de l'abbaye, dont vous êtes gardien. Je me souviens de toutes ces choses, ajouta le curé, et du malencontreux voyage que je fis en ce jour. Votre Seigneurie accepterait-elle quelques rafraîchissements ?

— Oh ! l'excellent pasteur, qui offre à boire même à ceux qui n'ont pas soif, s'écria le bouffon ; ne voyez-vous pas, messire, que nous sortons de la noce ?

— Ce fou a raison, dit Gislebert, nous n'accepterons rien aujourd'hui, et si ses compagnons ont soif, ils pourront se désaltérer bientôt dans le courant de la Colombine. Nous nous hâtons pour arriver au monastère avant la nuit.

VI.

Notre siècle a réalisé des progrès incontestables, et si quelqu'un les méconnaît, ce n'est pas faute de les avoir entendu célébrer sur tous les tons. Tout n'est pas fait cependant, et dans cette foule de progrès, il en est un dont les prédicateurs de la vie à bon marché ne s'occupent guère. C'est celui de l'hospitalité gratuite ou à prix réduit. On voyage rapidement, il est vrai, on fait quelques économies sur le prix de transport ; mais passez au buffet..., descendez à l'hôtel, vous saurez ce qu'il vous en coûte.

Et bienheureux encore ceux qui peuvent se présenter à l'hôtel ou au buffet !... Combien qui sont réduits à regarder à travers les vitrines, ou à gagner le fourneau économique le plus voisin !

Au moyen âge, les déplacements étaient très fréquents, et la facilité avec laquelle on trouvait le vivre et le couvert peut seule expliquer la multitude des pèlerinages et la foule des pèlerins qui sillonnaient l'Europe dans tous les sens.

Les monastères étaient de grandes hôtelleries où l'on était sûr d'être bien reçu, et quand on lit dans les mémoires de l'époque l'énumération des frais faits pour nourrir les voyageurs et les étrangers, on se prend à regretter le temps où l'on pouvait faire le tour du monde chrétien en possédant seulement cinq sous dans sa bourse. Par une précaution qui ne serait point dédaignée même de nos jours, certains monastères avaient une somme fondée ou mise en réserve pour donner des souliers et des habits neufs aux voyageurs qui en manquaient.

La proximité des monastères, qui n'étaient ordinairement pas à plus de quatre ou cinq lieues l'un de l'autre, marquait des étapes faciles à parcourir. Dans la Haute-Saône seule, au milieu du XIIe siècle, les abbayes de Lure, Bithaine, Faverney, Clairefontaine, Cherlieu, remplaçaient avantageusement les stations et buffets de Lure, Vesoul, Faverney, Port-d'Atelier et Jussey. Du nord au sud, Luxeuil, Montigny, la Charité, Bellevaux, offraient des secours aux voyageurs qui se dirigeaient vers Besançon.

Aujourd'hui ces monastères sont ruinés ou remplacés par des usines sur la porte desquelles le voyageur lit cette inscription brutale autant que laconique : *Défense d'entrer*, ou par quelque maison bourgeoise dont l'honnête propriétaire rappelle aux gens portant bâton et besace, que *la mendicité est interdite dans le département.* Trop heureux encore si le molosse chargé d'exécuter cette consigne ne flaire pas de trop près les jambes alourdies du malheureux piéton à qui on la notifie !

C'est parce qu'ils recevaient beaucoup des monastères, que les peuples et même les pauvres étaient empressés à leur faire des aumônes. A côté du don magnifique d'un grand seigneur qui cède une partie de ses domaines, le cartulaire de nos abbayes signale comme bienfaiteur un homme qui lui a donné son veau, ou une pauvre femme qui lui a offert trois livres de fil retors. Ces contrastes expliquent pourquoi les paysans et les serfs se présentaient avec autant d'assurance que les hommes libres et les chevaliers à la porte des monastères.

L'hospitalité était offerte à tous, et bien que conservant les distinctions sociales, beaucoup plus accentuées alors qu'elles ne le sont aujourd'hui, le frère hôtelier devait accueillir et soigner sans exception tous ceux qui venaient frapper à la porte du couvent.

Dans le principe, tous nos monastères étaient des colonies agricoles. L'argent y était rare, mais les provisions de toute espèce y abondaient. Bithaine, entre autres, commençait à recueillir les fruits de vingt-cinq années d'un travail opiniâtre. La forêt marécageuse dans laquelle le sire de Faucogney s'était trouvé miraculeusement transporté vingt-neuf ans auparavant, était remplacée par un étang, une prairie et des champs parfaitement cultivés. Les eaux de la Colombine et des sources du voisinage, après avoir alimenté l'étang, donnaient le mouvement à deux moulins construits par les moines. Les versants des coteaux exposés au midi et au levant avaient été plantés en vignes, et donnaient d'excellents produits, malgré l'insuccès que les naturels du pays leur avaient annoncé. De nombreux bestiaux paissaient dans le fond de la vallée, et faisaient pressentir le voisinage du monastère, dont on apercevait les murailles toutes neuves à travers des touffes de chêne habilement ménagées.

Chacun sait comment les moines excellaient à trouver les positions les plus pittoresques et les solitudes les plus profondes pour y placer leurs établissements. Toutes nos abbayes cisterciennes de Franche-Comté étaient de vrais déserts au XIIe siècle; aujourd'hui ce sont encore de gracieuses solitudes. Ni l'industrie, ni la démolition, ni les ruines, n'ont fait perdre à ces sites remarquables leur cachet primitif, et aujourd'hui encore, quand on rêve les douceurs de la vie rustique, les frais ombrages et le calme parfait, on se dit, en songeant à Cherlieu, Bithaine, Acey ou Bellevaux : je voudrais avoir ma maison là.

En arrivant au sommet des collines qui donnent au val de Bithaine la forme d'un vaste entonnoir, le sire de Faucogney put se convaincre que le curé de Dambenoît n'avait point exagéré l'éclat de la réception faite au saint archevêque. Du fond de la vallée s'élevait un de ces bruits confus qui signalent la présence des multitudes, et des groupes de paysans sortaient à chaque instant des épaisses forêts qui couvrent encore les hauteurs, se dirigeant vers l'abbaye. Gislebert ordonna d'arrêter un de ces groupes, et voulut l'interroger lui-même : Où allez-vous ? D'où êtes-vous ? Qui vous a permis de vagabonder ainsi ?

— Nous sommes des gens du sire de Faucogney, habitant ses terres de Brotte, Baudoncourt et Betoncourt ; nous allons à Bithaine voir le saint ; personne ne nous a permis d'y aller, mais comme tout le monde y accourt, nous avons cru pouvoir y venir aussi. Nous ne sommes pas les premiers, et il en vient bien d'autres après nous, car les gens de la terre de Luxeuil vont arriver aussi.

— Et quel est ce saint que vous allez voir ?

— Nous ne savons pas son nom, mais on dit qu'il fait des miracles. Si cela est vrai, et qu'il veuille en faire, nous reviendrons chercher nos malades et les lui porterons, afin qu'il les guérisse.

Les réponses étaient si naturelles et en même temps si concluantes, qu'il n'y avait pas d'objection possible ; on laissa les serfs continuer leur route.

Peu de temps après, la troupe de Faucogney arrivait aux portes de l'abbaye. Les bâtiments, les cours et le préau étaient remplis de paysans et de bourgeois qui n'avaient pu trouver place dans la vaste église neuve, dont la construction n'était point encore achevée, bien qu'on y travaillât depuis longues années. Les religieux chantaient solennellement les complies, et le vénérable archevêque de Tarentaise, en sa qualité de moine cistercien, avait voulu assister à l'office comme au temps où il était simple moine dans l'abbaye de Bonnevaux.

Le sire de Faucogney fut reçu avec tous les honneurs dus à son rang et à ses titres de bienfaiteur et de gardien de Bithaine. Les appartements que tout monastère réservait à son avoué, étaient prêts à le recevoir, et ni lui ni les siens n'eurent à souffrir de l'encombrement de la multitude. Il lui tardait de voir l'homme fameux que son siècle avait baptisé du nom extraordinaire de miracle de l'univers : *miraculum orbis*. Le P. hôtelier le conduisit dans la tribune des infirmes, placée au-dessus du chœur, et d'où Gislebert et ses compagnons pouvaient parfaitement considérer le saint archevêque. Il avait alors cinquante-neuf ans. Son large front découvert, ses rares cheveux qui avaient blanchi avant l'âge, ses traits réguliers, quoique amaigris par les fatigues et les jeûnes, inspiraient tout d'abord le respect. Celui qui ne l'eût pas connu pour un thaumaturge et un saint, l'eût certainement regardé comme un homme supérieur par l'intelligence et le génie.

Au moment où le sire de Faucogney entrait dans la tribune avec Girard de Ronchamp et Philippe d'Anglure, le saint entonnait d'une voix émue le *Salve, Regina,* chant sublime des guerriers chrétiens partant pour l'Orient, cantique admirable, dont saint Bernard, son meilleur ami, avait popularisé l'emploi, en y ajoutant le sceau de son génie, les élans de son cœur. La voix de soixante religieux continua ce chant inspiré, et le sire de Faucogney sentit une larme mouiller sa paupière, en songeant qu'il entendait l'hymne de la reconnaissance chanté par les saints, au nom de son père délivré des fers, au nom de ses ancêtres et de ses descendants, et il promit au Seigneur de défendre et soutenir la maison qui conserverait à travers les siècles la mémoire de son illustre race.

L'empressement du peuple qui voulait à toute force voir le saint et l'entendre parler, l'arrivée des chevaliers du voisinage, l'office nocturne qui commençait à minuit, les solennités de la fête de la Vierge, patronne de l'abbaye, remplirent les heures que le saint archevêque devait passer à Bithaine. Il ne cachait pas l'objet de sa mission. Soutenir les intérêts du souverain pontife légitime contre l'anti-pape Victor, éclairer les fidèles, leur faire connaître la vérité, tout en évitant d'attaquer l'empereur Frédéric que l'ambition égarait, telle était cette mission. Pierre n'y faillit point : peuple, religieux, chevaliers et barons, personne ne crut manquer à sa foi politique en écoutant le cri de la conscience et la voix de la vérité.

L'empereur n'avait-il pas lui-même donné l'exemple du respect le plus profond pour cet homme merveilleux, qui était pourtant son plus rude adversaire ? N'avait-il pas dit, quand ses courtisans lui reprochaient ce respect comme une faiblesse : « Je m'oppose aux hommes parce qu'ils le méritent ; mais voulez-vous donc que je m'oppose ouvertement à Dieu ? »

Il y avait donc grande joie dans l'abbaye, les celliers étaient ouverts, les religieux parcouraient les rangs pressés de la multitude, offrant à tous la nourriture et les rafraîchissements nécessaires ; les paysans s'en retournaient heureux d'avoir vu le saint, de l'avoir entendu et d'emporter sa bénédiction. Les chevaliers lui étaient présentés et pouvaient lui soumettre leurs doutes, exposer leurs embarras, demander ses conseils et recevoir ses avis. Il voulut savoir du sire de Faucogney lui-même les circonstances qui avaient amené la fondation de l'abbaye, loua le courage et la piété de sa noble race, en l'exhortant à s'en montrer toujours le digne rejeton.

Charmé de l'affabilité du saint, Gislebert crut devoir le consulter sur la promesse qu'il avait faite à la noce de Quers.

« Cette promesse a pu être inconsidérée, répondit le prélat, mais elle vous lie, alors même que la demande de cette femme est indiscrète. Cependant, comme elle n'était pas sans condition, la restriction que vous y avez mise ne me semble point excéder les limites de votre droit.

— Quel est l'avis de Votre Révérence sur l'espèce d'émulation que ce singulier concours établira parmi les nouveaux mariés de ma baronie ?

— Rien, mon cher fils, ne s'oppose à ce que vous offriez une récompense à ceux qui auront donné l'exemple des vertus conjugales et cherché le bonheur auprès du foyer domestique. Je crois que votre vigne vous restera, mais que Dieu bénira vos bonnes intentions. »

VI.

Tandis que le sire de Faucogney s'entretenait avec l'archevêque de Tarentaise, le fou n'oubliait pas les paroles que son maître lui avait dites en sortant de Quers. L'idée d'être quelque chose dans la baronie de Faucogney et de jouir d'une certaine inspection sur les novices et concurrents pour la vigne de la Motte lui souriait extrêmement. Mais l'enthousiasme excité par la présence du saint avait dérangé tous ses projets, et il n'était pas prudent de détourner le noble sire de ses graves préoccupations par des bouffonneries hors de propos. En voyant son maître sortir radieux de l'audience du saint, il eut une singulière idée et la saisit au vol : « Sans doute, dit-il à mi-voix, l'oncle Gislebert vient de débattre avec le saint les règles de l'ordre nouveau qu'il veut fonder?

— Et qui a dit cela, demanda le sire?

— C'est vous-même qui aviez parlé de l'écrire quand nous serions chez les clercs de Béthanie. Il n'en est point de plus habiles qu'eux à dresser les belles chartes, et j'espère, ajouta-t-il en baissant encore la voix, qu'ils n'oublieront pas d'écrire un diplôme de maître des novices pour Bibi, votre très fidèle sujet.

— Au fait, observa le sire de Ronchamp, si vous établissez un concours, il faut que les conditions en soient connues dans toute la baronie ; il serait bon de les écrire et notifier par les moyens ordinaires.

— Rien n'est plus juste que cette remarque ; nous allons passer au scriptorium, et frère Odilon écrira selon nos désirs. »

Dans la partie orientale du monastère s'élevait une salle éclairée par six grandes fenêtres. Des livres et des manuscrits en parchemin étaient rangés dans de nombreux rayons, quelques-uns étaient attachés au bois de la bibliothèque par des chaînes de fer, destinées à les préserver des voleurs. Ces volumes étaient peu nombreux encore, parce que le monastère était nouveau; mais six copistes installés dans cette pièce transcrivaient les livres liturgiques, les écrits des Pères et les ouvrages les plus renommés de l'époque. Frère Odilon était le directeur de cette compagnie de copistes ; c'est lui qui rédigeait les actes importants et écrivait de sa main les belles chartes de l'abbaye, que l'on trouve encore aux archives de Vesoul.

Lorsque le sire de Faucogney lui eut expliqué les conditions et le but de l'acte qu'il se proposait de dresser au sujet de la vigne de la Motte, frère Odilon écrivit en latin la pièce suivante, qu'un de ses successeurs aurait pu traduire ainsi, cent ans plus tard : « Je Gislebert, sire de Facoigne et viscuens de Vesuil, fas savoir à tos ceux qui verrunt et orrunt ces présentes lattres, que ai décidé bailler, transpourter, quitter à toujours-mais, ma vigne sise au mont de la Motte, sous les murailles de mon chastel et forteresse de Vesuil, à la quelconque maignie (famille, ménage) de ma terre de Facoigne, lequel n'aura oncques été marri une seule fois pendant l'année qui suivra les espousailles, d'avoir reçu icelui sacrement qu'on dit le mariaige. Et ledit an sera compté à partir du jour où cognoissance d'icelui acte aura été donnée en toute la terre de Facoigne. Et pour autant que ladite promesse soit leale et franche, je ai mis le sceel abbé de Béthanie avec lou mien, en présence de Girars de Ronchamp, de Philippe d'Anglus, mes homs, de frère Odilon, escrivain, de Ponce de Chastenois, sire de Brottes, d'Alard de Colombotte et de moult aultres tesmoings. Ce fut fait en Béthanie en l'an l'incarnacion Nostre Seignour mil et cent et sexante-un, lou lendemain N.-D. de septembre. »

Le sire de Faucogney scella ce parchemin du pommeau de son épée. Des trois copies faites en même temps, l'une fut donnée au héraut d'armes qui devait en faire la publication dans tous les villages de la baronie, l'autre fut destinée aux archives de Vesoul, la troisième à celles de Bithaine.

Le vieux sire Girard ouvrit un avis fort sage, en conseillant de publier cette charte sur-le-champ, afin que la foule, composée presque tout entière d'habitants de la terre de Faucogney, en donnât connaissance en se dispersant dans les villages et les hameaux.

Après que l'archevêque de Tarentaise eut recommandé l'attachement au pape légitime et donné sa bénédiction à la multitude assemblée devant l'église, un héraut d'armes, monté sur un échafaudage dominant la foule, demanda quelques instants de silence pour manifester les volontés de son maître, gardien de l'abbaye, et, après avoir lu la charte rédigée deux heures auparavant, il ajourna les jeunes mariés de la terre à comparaître dans un an au chastel de Vesoul, le jeudi après la saint Mathieu, apôtre, pour soutenir leurs prétentions et prouver leurs droits à la vigne de la Motte.

L'étonnement et la surprise firent bientôt place à la joie. Quelques vieillards secouaient la tête et semblaient dire : A quoi notre sire va-t-il songer? Mais les jeunes gens, éblouis par l'éclat du prix proposé, applaudirent chaudement, et, de toutes les jeunes filles présentes, il n'y en eut pas une qui ne se dît dans le fond du cœur : Avant quinze jours, je serai mariée, et mon bonheur sera si grand, qu'à l'automne prochain, la grande vigne de la Motte m'appartiendra !

Tandis que la foule s'écoulait lentement, le saint archevêque faisait ses préparatifs de départ. Obligé par sa mission de visiter les nombreuses abbayes de son ordre pour les raffermir dans l'unité, il ne pouvait que faire une courte apparition dans chacune d'elles ; mais il saisissait avec empressement l'occasion de s'arrêter dans les maisons d'un autre ordre, quand elle se présentait. De Bithaine, il devait diriger ses pas vers l'abbaye de la Charité, et le sire de Faucogney, encouragé par la bonne réception de la veille, résolut de lui offrir l'hospitalité dans son château de Vesoul, au pied duquel l'illustre voyageur devait nécessairement passer.

« Si Votre Révérence veut mettre le comble à ses bontés, dit-il, elle ne refusera pas l'hospitalité du sire de Faucogney. La route que nous devons suivre est la même ; d'ailleurs, les deux maisons religieuses que nous trouverons sur le chemin ne peuvent que gagner à votre visite, et la mission que vous y remplirez ne sera pas sans fruit. »

L'archevêque accepta, et, pour échapper à la multitude qui stationnait toujours devant le monastère et voulait le suivre, il sortit sans bruit par une porte dérobée et gagna les sentiers des bois. Le mauvais état des routes et des chemins rendait les voyages à peu près impossibles avec des voitures. Les rois eux-mêmes ne se promenaient plus montés sur un char attelé de quatre bœufs aux pas tranquilles et lents ; chacun allait à cheval, et le prix de la monture indiquait si généralement la dignité du cavalier, qu'à cette époque, saint Thomas de Cantorbéry, poursuivi par les agents du roi d'Angleterre, n'était point reconnu et échappait à la mort parce qu'il était monté sur un cheval misérable et sans valeur.

Le petit cheval noir de l'archevêque de Tarentaise n'était pas de nature à trahir la haute mission que remplissait alors son maître. Ce fut la seule remarque que se permirent les hommes de l'escorte, qui furent envoyés directement à Vesoul, tandis que le saint, ses deux chapelains et les seigneurs se dirigèrent vers Calmoutier, où l'on devait s'arrêter un instant.

De Bithaine à Calmoutier, on ne compte guère plus de deux heures de marche. Le sentier suivait le cours de la petite rivière de Colombine, qui coule au fond d'une vallée silencieuse encore aujourd'hui, et où l'on retrouve en miniature les accidents de terrain qui signalent ordinairement le voisinage des grands cours d'eau. Après le val de Bithaine, la gorge de la Creuse, la plaine de Velleminfroy, la profonde vallée de Colombotte et les arides rochers de Calmoutier, frappent tour à tour les yeux du voyageur. Charmantes prairies aujourd'hui, ces vallées et gorges étaient alors couvertes de bois touffus où les sires de Chatenois, de Colombotte et de

Montaigu, galoppaient et chassaient au grand déplaisir des chanoines de Calmoutier ou des religieux de Luxeuil, seigneurs de ces lieux.

En conversant avec Pierre de Tarentaise, Gislebert de Faucogney et ses compagnons purent se convaincre que le saint n'était point au-dessous de sa réputation de bonté et de prudence. C'était bien l'homme dont chacun louait la science et la vertu, l'homme qu'on leur avait dépeint comme un ange de paix dont la médiation adoucissait les querelles les plus vives, calmait les passions et les haines les plus ardentes. Deux heures s'étaient écoulées, pendant lesquelles le saint avait déroulé d'une manière si saisissante les maux de l'Eglise et les suites fâcheuses du schisme dans lequel Frédéric Barberousse voulait entraîner tout l'empire, qu'on s'aperçut à peine de l'arrivée de Bibi Gousse-d'Ail, qui avait pris les devants avec un homme d'armes faisant l'office d'éclaireur. Le fou semblait retenu par le respect et, d'un autre côté, poussé par le désir de remplir un message important.

Le premier mouvement de Gislebert, qui craignait une impertinence, fut un geste menaçant pour le bouffon ; mais celui-ci répondit par un regard tellement suppliant, que son maître crut devoir lui permettre de parler.

« Que veux-tu ? demanda-t-il brièvement.

— Oncle Gislebert, c'est la dame de Calmoutier ; vous savez, cette dame mal mariée qui avait oublié de faire son noviciat...

— Eh bien ! que demande-t-elle ?

— Elle attend le saint au sortir du bois pour lui demander de la relever de ses vœux ou bien de faire un miracle en lui rendant le cœur de son mari. Le doyen du chapitre voudrait l'empêcher de faire cette démarche ..

— Qu'il s'en garde bien, elle ne peut que gagner à cette rencontre, et peut-être le saint lui fera-t-il entendre raison. »

Quelques minutes plus tard, on arrivait au bord de la forêt, dans le lieu où la vallée se resserre brusquement. L'étroit sentier ne donnait passage qu'à un seul homme de front, et le chapelain de l'archevêque, qui essayait de dire son bréviaire en suivant le fou, qui avait frayé le chemin, tressaillit à la vue d'une femme portant le costume des veuves nobles d'alors, et qui saisit résolûment la bride du cheval en disant : « Seigneur archevêque, ayez pitié de moi et sauvez-moi !... »

Interdit par cette espèce de sommation, le pauvre chapelain laissa tomber son bréviaire. Cette femme est folle, pensa-t-il. Mais l'inconnue, devinant sa pensée, lui dit : « Je ne suis pas folle, je suis mal mariée, ce qui ne vaut guère mieux ; vous êtes légat du saint-siége, déliez-moi de mes serments !

— Je ne suis ni légat ni évêque, interrompit le chapelain, vous vous trompez ; si vous avez quelque chose à dire au vénérable archevêque de Tarentaise, le voici qui arrive... »

La méprise de la chère dame lui fut fort utile et calma son exaltation. Aussi ce fut avec le plus grand sérieux qu'elle adressa au pontife la demande suivante :

« Votre Seigneurie n'a pas seulement une haute réputation de sainteté, elle a aussi une grande puissance spirituelle. En qualité de légat du saint-père, vous avez le pouvoir de lier et de délier ; je vous conjure de vouloir bien dissoudre les liens qui unissent Isabelle de Vellefaux, votre servante, à noble homme Guillaume de Calmoutier, sieur de Liévans, son époux, me soumettant à faire telle pénitence qu'il pourra plaire à Votre Seigneurie m'imposer pour le reste de mes jours. »

L'archevêque avait écouté attentivement cette supplique, dont l'originalité surprit les chevaliers présents, qui voulurent se retirer. La dame les pria de rester, assurant qu'elle n'avait point de honte de faire connaître son malheureux état en présence d'aussi loyaux témoins.

— Où demeurez-vous, demanda le prélat ?

— J'habite le manoir au pied duquel vous passerez tout à l'heure ; je suis la plus malheureuse des femmes...

— Savez-vous que les liens du mariage sont indissolubles, et qu'un homme, fût-il légat du saint-siége, ne saurait séparer ce que Dieu a uni ?... Votre union n'a pas toujours été malheureuse ? Votre mari a des torts, sans doute, et nous les saurons toujours assez ; mais, pour éclairer la cause, veuillez me dire d'abord quels sont les vôtres.

Isabelle de Vellefaux ne s'attendait guère à pareille apostrophe. La parole lui manquait. Le prélat reprit : Puisque vous semblez ne pas les voir clairement, je vais vous les faire connaître. Un orgueil froissé et une coquetterie déplacée ne seraient-ils point la source de cette désunion qui scandalise le pays et fait le malheur de votre vie ? Votre humeur capricieuse et vos prétentions indomptables...

— Arrêtez, seigneur, s'écria Isabelle fondant en larmes. Je le vois, vous lisez dans les âmes, et vos yeux pénètrent les secrets des cœurs. C'est à genoux que je dois le reconnaître. . J'aimais mon époux, mais ce n'était pas pour lui-même. Il était beau, vaillant et respecté ; j'espérais, grâce à lui, paraître à la cour impériale, briller entre les plus belles ; j'avais rêvé devenir l'ornement des fêtes incomparables que l'empereur

Frédéric donnait aux environs de Dole et de Montmirey, et voilà que mon époux, blessé au siége de Milan, ne peut plus depuis trois ans briser de lance et courir les tournois. Il n'aime que la vie tranquille des champs; son affreux manoir de Calmoutier lui paraît plus beau que le château impérial de Dole. Le dépit s'est emparé de moi, je l'ai abreuvé d'amertume ; il s'est aigri de son côté, et aujourd'hui la vie nous est insupportable à tous les deux. Ah ! bon et vénérable père ! ne porterez-vous point remède à une aussi triste situation ?

— Ce n'est pas moi qui dois y porter remède, répondit le saint, c'est vous-même. Etes-vous prête à faire la pénitence que vous demandiez tout à l'heure, et l'accepterez-vous telle qu'elle sera imposée ?

— Comme si elle venait de Dieu même.

— La durée ne vous fera pas reculer ?

— Je l'accepte pour toute la vie.

— Elle ne sera que d'un an. La voici : aujourd'hui même vous irez vous jeter aux pieds de votre mari, lui avouant humblement ce que vous venez de dire en présence de ces nobles chevaliers, qui seront vos témoins. D'ici à la Notre-Dame de septembre prochain, vous vous étudierez à lui être chaque jour aussi soumise que vous étiez rebelle, aussi douce que vous étiez acariâtre et capricieuse. Si, à cette époque, vous n'avez pas retrouvé le bonheur, nous nous chargeons d'obtenir le consentement de votre mari, afin que vous puissiez vous retirer dans un monastère.

Isabelle écoutait en sanglotant. Le démon de l'orgueil n'était pas encore vaincu.

— Mais, dit-elle, je connais mon époux... Il ne voudra point m'écouter...

— Et moi aussi je le connais, s'écria Gislebert impatient, je suis sûr qu'une démarche faite sous de tels auspices va faire fondre de joie son noble cœur.

— Pour plus de sûreté, continua le saint, nous vous conduirons nous-mêmes auprès de cet époux, et nous sonderons ses dispositions en l'assurant des vôtres.

Sur un signe de son maître, le chapelain céda son cheval à la dame de Calmoutier, qui suivit docilement la caravane jusqu'au monastère.

Le sire de Ronchamp avait considéré cette scène avec une émotion visible. Il était silencieux et rêveur. — A quoi pensez-vous donc, messire Girard? lui demanda Gislebert.

— Je pense que si l'archevêque de Tarentaise avait rencontré la dame de Ronchamp il y a une trentaine d'années, j'aurais pu tirer grand profit de cette rencontre.

— Bien d'autres pourraient en dire autant, murmura Gislebert.

Le son joyeux des cloches du chapitre, qui se fit entendre soudain, mit trève aux sombres idées. L'abbé ou doyen de Calmoutier, car il portait indifféremment ces deux noms au douzième siècle, venait processionnellement au devant du saint; ses huit chanoines, vêtus de l'ample costume de leur ordre, le précédaient en chantant l'hymne des confesseurs pontifes; les sergents d'armes en grande tenue contenaient la foule, qui grossissait à chaque instant, car depuis une heure environ on était prévenu de l'approche du thaumaturge, et le peuple tout entier était en liesse.

Pierre ne passa que quelques heures à Calmoutier. Depuis trois cents ans déjà, ce vieux monastère était chargé du service religieux dans les paroisses environnantes, et ses chanoines avaient une grande influence sur les populations soumises à leur juridiction spirituelle. Aussi, l'illustre visiteur ne négligea-t-il rien pour éclairer des hommes dont les résolutions pouvaient avoir de graves conséquences pour l'unité religieuse du pays. Après avoir obtenu les plus consolantes promesses du doyen Widon et de ses chanoines, le prélat voulut, selon l'annonce qu'il en avait faite, conduire la dame repentante chez son époux. Il y eut tant d'humilité dans l'aveu d'Isabelle, tant d'autorité dans la parole du saint, que Guillaume de Calmoutier se sentit désarmé. — Il pleura .. et, saisissant la main de l'archevêque, il la baisa avec respect en disant : Je le vois à cette heure, vous êtes vraiment un saint ! Vous faites comprendre le devoir, et vos paroles donnent la force de l'accomplir. Qu'il soit fait selon votre volonté !

Puis il demanda son cheval, et commanda ses hommes d'armes pour escorter le prélat jusqu'au château de Vesoul, où il devait passer la nuit.

Le fou, témoin de toutes ces scènes, tira ses tablettes et se mit gravement à écrire.

— Que fais-tu, lui demanda le sire d'Anglure ?

— J'inscris le seigneur de Calmoutier et sa gentille dame parmi les aspirants à la vigne de la Motte.

VII.

Il est des paradoxes que l'on peut soutenir avec avantage, et je rangerais volontiers le suivant parmi les plus faciles à défendre. C'est que plus on écrit sur l'histoire d'une ville ou d'un pays, moins on la connait. Ceci peut paraître singulier, c'est tout simplement vrai. En effet, que prouve l'abondance des livres et des dissertations sur telle ou telle ville? Elle prouve que la question n'est point épuisée ni éclaircie. Si les premiers auteurs qui ont écrit avaient mis les faits hors de discussion, tout travail subséquent deviendrait sinon impossible, du moins fort difficile. On ne peut glaner dans le champ où le moissonneur n'a rien laissé. Quand on rencontre des livres comme ceux qu'ont écrits les Guillaume, les Chevalier, les Duchesne, sur notre histoire comtoise, on les cite comme autorité, on ne les réforme guère, et ils restent comme un monument sur lequel on écrit la devise ancienne des colonnes d'Hercule : *Nec plus ultrà.* Quand on voit, au contraire, cinq ou six ouvrages sur la même question, on peut être sûr, ou qu'ils sont une copie l'un de l'autre, ou que les hypothèses et les appréciations personnelles de l'auteur tiennent la plus large place dans ses écrits. J'en donnerai pour exemple la ville de Vesoul.

Cinq ou six amateurs ont prétendu faire son histoire, et presque tous ont eu le tort de ne pas consulter les textes originaux. Les uns, entraînés par un patriotisme de clocher que l'histoire ne saurait admettre, se sont perdus en suppositions et en hypothèses pour faire remonter leur ville natale jusqu'aux Grecs et aux Troyens; les autres, en présence d'une statuette de bronze qu'ils prétendent être une Junon du meilleur style, tandis que le vulgaire ignorant y voit tout simplement une Madone du moyen âge, ont voulu faire de Vesoul un grand établissement romain, protégé par trois camps, dont l'un n'a jamais existé, tandis que l'autre repose en grande partie sur une moitié de tête de Vesta, grosse comme une pomme d'api; ils ont substitué fort ingénieusement les saints du christianisme aux divinités païennes, saint Georges à Mars, et sans doute les chanoines de l'ordre de Saint-Nicolas aux prêtres saliens, et le conseil municipal aux décurions.

L'étymologie du mot lui-même a donné libre essor à leur imagination. Les uns l'ont fait venir d'un mot celtique qui veut dire tombeau du soleil, comme si la Motte était un tumulus digne de recouvrir l'astre du jour; les autres, d'un mot tudesque qui veut dire *pointu*, ou d'un nom latin qui n'existe pas, ou signifie du moins tout autre chose que ce qu'on lui fait signifier.

Nos savants se donnent vraiment beaucoup de peine pour faire des Celtes et des Romains un peuple de grammairiens et d'érudits. Pour moi, qui ne sais pas un mot de celtique ou de tudesque, et qui me souviens à peine du latin des dictionnaires, je soupçonne fort que Vesoul a été baptisé par quelques pauvres vignerons du moyen âge, qui, sachant que *visula* veut dire vigne, ont appelé leur Motte, *visulium*, c'est-à-dire lieu planté de vignes.

Avec le secours des pièces encore existantes, on peut se faire une idée exacte de ce qu'était le pays à l'époque où se passaient les scènes de notre légende.

L'aspect des lieux ne différait pas sensiblement de ce qu'il est aujourd'hui. Les environs de Vesoul furent toujours privés de forêts, et à part le petit bois de chêne qui occupait le champ de Mars actuel, on ne voyait dans la vallée que des prés, des étangs, des champs cultivés et des broussailles.

Lorsque l'archevêque de Tarentaise déboucha avec son escorte sur la hauteur qui domine Frotey, il ne put s'empêcher d'admirer la montagne de la Motte, qui semblait élever jusqu'au ciel sur un piédestal de verdure le formidable château que les sires de Faucogney se faisaient gloire de posséder.

Les murailles de la forteresse prenaient naissance à cinquante toises au-dessus du niveau de la plaine; les hautes tours crénelées qui en surmontaient les angles, donnaient à la citadelle entière l'aspect d'une lourde couronne de pierre reposant sur un tapis de verdure. Le prieuré du Marteroy, placé tout auprès, du côté du levant, eût ressemblé, avec ses longues murailles et ses cloîtres massifs, à une petite forteresse reposant à l'ombre de la grande, si les formes bien dessinées d'une église surmontée d'une flèche aérienne n'eussent annoncé la destination religieuse de l'édifice.

Les derniers rayons du soleil couchant, reflétés par les étangs de la prairie, animaient ce gracieux paysage, et le sire de Faucogney, qui revoyait toujours avec un plaisir nouveau sa meilleure forteresse, voulut avoir l'avis du saint sur l'ensemble de ce tableau. « Comment Votre Révérence trouve-t-elle ce paysage et le château qui le protége ?

— Cher sire, répondit le prélat, ce paysage est magnifique, et la position du château me paraît d'autant plus surprenante, qu'il est absolument isolé, et que la montagne qui le supporte semble être sortie de terre exprès pour le recevoir. Avec une forteresse semblable, vous devez peu redouter les entreprises de vos ennemis, et vos sujets ont un asile assuré en cas d'invasion. Quel est ce monastère qui s'élève au pied des murailles ?

— C'est le prieuré du Marteroy, habité par sept religieux de l'ordre de

Saint-Augustin. Sa fondation remonte à soixante-dix ans. Mon grand-père a voulu, en l'établissant, donner un voisinage convenable à une forteresse de cette importance, et aussi préparer une sépulture pour lui-même et pour ceux de sa race. Dès ce soir, Votre Révérence aura toute facilité d'exercer dans cette maison les fonctions de son ministère. »

Tandis que le sire de Faucogney répondait au prélat, les cloches du prieuré se mirent en branle, la grande porte tournée à l'orient s'ouvrit, et l'on vit sortir de l'enceinte une longue procession escortée par les hommes d'armes du château, et composée de tous ses habitants, auxquels s'étaient réunis ceux des Haberges et des maisons éparses sur les flancs de la montagne.

Malgré les efforts du chapelain de Saint-Georges, qui était alors en lutte avec le prieur du Marteroy, les habitants de Vesoul accouraient en foule se joindre à la procession, et se ranger sous la bannière de saint Nicolas. Grâce à la multitude des arrivants, la procession atteignait le pied de la montagne avant que le prieur et ses religieux fussent sortis du monastère. A leur arrivée, l'escorte mit pied à terre, le prélat reçut les félicitations du prieur, et la foule, déroulant de nouveau de longues spirales sur le flanc de la montagne, reprit le chemin du Marteroy.

Le saint archevêque, en considérant la foi de ce peuple et l'empressement avec lequel il venait à la rencontre de celui qui représentait le pape véritable, admira la vivacité de cette foi bourguignonne, qui ne fléchissait point devant les exigences politiques, et ne craignait pas d'encourir la haine de l'empereur en se déclarant pour un pape que la cour impériale avait proscrit. Le légat ne dissimula point la satisfaction qu'il éprouvait à voir un peuple si bien disposé. Dans un discours qu'il fit sur la terrasse du prieuré, parce que l'église ne pouvait contenir la multitude, il encouragea l'assistance à persévérer dans ses sentiments, à ne point se laisser entraîner dans le schisme par des considérations humaines et terrestres, mais à demeurer fidèle au pasteur légitime reconnu dans le reste de l'univers catholique. Sous l'empire de cette parole inspirée, la foule frémissante poussa une immense acclamation de joie que répétèrent tous les échos de la vallée; elle demanda au pontife de la bénir. Le prieur Humbert lui fit observer que le peu de temps écoulé entre l'annonce de son approche et le moment de sa venue n'avait pas permis au grand nombre d'arriver à point, le conjura de bénir le pays tout entier, et du haut de cette montagne, qui domine au loin, le saint bénit avec effusion la vallée et ses habitants, prévoyant peut-être qu'un jour ses restes vénérables y trouveraient un asile respecté, et que les descendants de ceux qu'il bénissait alors deviendraient, au bout de sept cents ans, dépositaires de ses reliques et les gardiens de son tombeau (1).

Il était nuit depuis longtemps lorsque l'archevêque quitta le prieuré pour entrer au château, dans l'intérieur duquel il devait passer la nuit. Dans l'intérêt de sa mission, il avait voulu s'entretenir avec les religieux du Marteroy, et savoir de leur bouche quelles étaient les dispositions du clergé des environs. Il apprit avec plaisir que le vrai pape comptait de nombreux partisans dans le pays. Le prieur Humbert et deux de ses religieux sortaient de l'abbaye Saint-Pierre de Mâcon, supérieure immédiate de Saint-Nicolas du Marteroy, et en leur qualité de sujets français, ils se croyaient moins que tous autres obligés de plier sous les ordres de l'empereur d'Allemagne, imposant un pape de sa façon. En conséquence, ils ne négligeaient rien pour éclairer les prêtres et les fidèles du voisinage sur la légitimité d'Alexandre et l'intrusion de Victor. La vie édifiante des pieux chanoines leur donnait, du reste, une grande influence dans le pays, et en dépit des difficultés que le chapelain de Saint-Georges de Vesoul leur suscitait depuis quelque temps, les religieux du Marteroy maintenaient le respect pour la bonne cause, et jouissaient d'une grande considération.

Malgré l'heure avancée, la foule ne diminuait guère, de nouveaux arrivants remplaçaient ceux qui étaient partis, tous voulaient voir l'archevêque, entendre sa parole, recevoir sa bénédiction, et ce fut à travers les flots d'une multitude empressée que le prélat, précédé de l'escorte portant des flambeaux, entra dans le meilleur château du sire de Faucogney.

On y arrivait depuis le prieuré par un chemin bordé de vignes et tracé sur le flanc de la montagne. La porte de la première enceinte était au midi, puis le chemin tournait brusquement pour conduire à la porte de la seconde enceinte, qui regardait le levant et dominait le prieuré. Les hommes d'armes du sire de Faucogney, les chevaliers du voisinage, prévenus à la hâte, se trouvaient réunis dans la grande cour, devant la porte du donjon. Le prélat les bénit, leur adressa quelques-unes de ces paroles aimables dont il avait le secret et qui allaient droit au cœur. Un splendide repas avait été préparé. Pierre, qui conservait au milieu des gran-

(1) Depuis la révolution l'église paroissiale de Vesoul possède une partie considérable des reliques de saint Pierre de Tarentaise ; une de ses chapelles lui est dédiée, et les Vésuliens l'honorent d'un culte particulier.

deurs les habitudes austères de la règle de Citeaux, et qui vivait aussi frugalement que le dernier novice du plus pauvre monastère, ne fit point difficulté de s'asseoir à cette table vraiment princière. Il mangea peu, ne but guère que de l'eau, et charma l'assistance par la suavité de ses discours.

Quand le sire de Faucogney fit apporter le hanap d'or, qui ne paraissait que dans les circonstances solennelles, le prélat y trempa ses lèvres et goûta le vin vieux dont la coupe était remplie. Le sire de Faucogney lui fit remarquer, non sans orgueil, que ce vin était le produit de la vigne de la Motte, et qu'il comptait plus de vingt ans de séjour dans ses celliers. L'archevêque sourit en se rappelant l'histoire de la fameuse vigne, fit des vœux pour la prospérité de son hôte et pour celle des chevaliers courtoisement réunis pour lui faire honneur.

Lorsque le prélat se fut retiré, les chevaliers résolurent d'un commun accord de ne point s'éloigner, mais d'attendre le jour, afin d'escorter l'illustre voyageur.

Le château de la Motte avait, comme le dit Gollut, *un estroict pourpris*, c'est-à-dire une enceinte assez resserrée ; mais sous ses murs, de grands bâtiments et plusieurs fermes, situées au nord-ouest, servaient à loger les voyageurs et leurs montures. Cet établissement formait le petit village des Haberges, qui était, au moyen âge, une section importante de la communauté vésulienne. On y arrivait par le grand chemin venant du prieuré et par une porte dérobée du château, que cachait une tour appelée Tour de la fausse poterne. Ce fut là que les étrangers allèrent se reposer le reste de la nuit. De grand matin, tout le monde était sur pied et se pressait aux abords de la chapelle, où le prélat devait offrir le saint sacrifice.

Le château de Vesoul, l'un des plus anciens de notre province, puisqu'il est cité à la fin du IXe siècle (889), fut aussi l'un des premiers qui eut sa chapelle castrale. Elle était dédiée à Notre-Dame et à saint Michel. On y vénérait une statue de la bienheureuse Vierge, chère à toute la vallée, et en temps de paix, le pont-levis s'abaissait toujours devant les nombreux pèlerins qui venaient la visiter.

Notre-Dame du château de Vesoul (*Beata Maria de castro Visulii*), comme on l'appelait alors, parfaitement inconnue aujourd'hui, était honorée d'un culte spécial, non-seulement par les bonnes âmes, mais aussi par les personnages d'élite et par les nobles guerriers. Les nombreuses marques de confiance que lui donnaient les populations environnantes, et qui se retrouvent surtout dans les testaments qui nous restent de ces époques reculées, en fournissent des preuves irréfragables qu'on peut lire dans les archives de la Haute-Saône.

Les sires de Faucogney l'invoquaient avec ferveur ; les ducs de Bourgogne, qui rentrèrent plus tard dans ce château, lui rendirent hommage ; le roi Louis XI lui-même, alors qu'il ne restait plus que des ruines de la forteresse renversée par ses ordres, voulut qu'elle fût respectée, et à la veille du jour où leur ville fut ruinée par les Lorrains de Tremblecourt, les Vésuliens tenaient à honneur de faire inhumer leurs enfants aux pieds de cette statue vénérée.

Le prieur du Marteroy, qui était patron de la chapelle castrale, n'avait rien négligé pour la faire parer des ornements les plus précieux. L'archevêque y célébra la messe votive à la Vierge, les chevaliers et la foule rangés au dehors en suivaient attentivement les cérémonies. Un charme secret semblait retenir le saint prélat vers cette statue informe devant laquelle tant de larmes devaient être répandues, tant de nobles têtes devaient s'incliner, tant d'âmes trouver la paix.

L'escorte des chevaliers était prête depuis longtemps à partir, mais la multitude de ceux qui voulaient voir le thaumaturge augmentant sans cesse, il ne trouva pas de meilleur moyen de satisfaire cet empressement pieux, que de descendre à pas lents le chemin qui conduisait au bourg naissant de Vesoul. Ce chemin longeait la vigne de la Motte et en traversait une partie. Le prélat, à qui rien n'échappait, remarqua la beauté de cet héritage, le soin avec lequel il était entretenu ; il lut dans les yeux du sire de Faucogney la crainte qu'il avait de perdre cette magnifique propriété, il le consola, et lui dit en le remerciant de son hospitalité : « J'espère que quand je reviendrai dans ce pays, vous pourrez encore m'offrir du vin de cette vigne, sans avoir à le racheter de vos vassaux, car elle ne cessera pas de vous appartenir. »

On était arrivé au pied de la montagne, le prélat montait à cheval pour prendre la route de la Charité, lorsque messire Arnoux, se qualifiant chapelain de Saint-Georges, vint résolûment saisir la bride du cheval, et, s'adressant à l'archevêque : « Seigneur légat, dit-il, on assure que vous voyagez pour redresser les torts et rétablir le bon droit partout où il est méconnu. Je vous adjure d'entendre ma cause et de me rendre justice contre messire Humbert, prieur du Marteroy, qui veut m'asservir aux règles de son prieuré, tandis que je dois être libre et indépendant de lui. » Cette singulière requête, le ton dont elle était faite, étonna le saint. Les prétentions de messire Arnoux à l'indépendance et le ton d'humeur avec lequel il parlait, contrastaient si fort avec la placidité du prieur

Humbert, que les apparences étaient toutes en faveur de ce dernier. Cependant, en juge impartial, l'archevêque ne voulut point répondre d'une manière sévère ou désobligeante.

— Le moment est mal choisi pour juger un différend que je ne connais pas, dit-il ; ne feriez-vous pas mieux d'en remettre la décision à des arbitres qui étudieraient la question et prononceraient en connaissance de cause? Je serais, d'ailleurs, surpris que le seigneur Humbert eût des prétentions contraires au droit et à la justice.

— L'observation de Votre Seigneurie est juste ; si le révérend prieur en est d'avis, elle nous nommera elle-même les arbitres.

— L'abbé de Bithaine vous conviendrait-il ?

— Je le récuse, car il ne voudrait pas déplaire au sire de Faucogney, en donnant tort au prieur qui est son ami.

— Et le doyen de Calmoutier ?

— Je ne puis l'accepter, car il est le cousin de la partie adverse, et son chapitre se recrute parmi.....

Le sire de Faucogney fit un geste d'impatience qui empêcha le fougueux vicaire d'achever, et le prieur du Marteroy trancha la difficulté en laissant au plaignant le choix des arbitres. Celui-ci désigna les abbés de Bellevaux et de la Charité, que messire Humbert accepta sans objection, et l'escorte put enfin se mettre en marche.

— Qu'est-ce donc que cette querelle ? demanda le prélat au prieur.

— Le fond de la question est assez simple, répondit Humbert, mais il ne fera que se compliquer avec le temps, si on n'y porte remède. Vesoul est un bourg entièrement nouveau, qui a pris naissance à l'ombre du château dont il porte le nom. L'église-mère de toute cette vallée est Saint-Martin de Pont, devant laquelle nous passerons tout à l'heure, et qui, d'après la tradition, remontant au VIe ou VIIe siècle, a été de tout temps paroissiale de Vesoul, aussi bien que des trois ou quatre villages que vous voyez assis au pied de ces collines.

Quand les habitations devinrent nombreuses au pied du château, on bâtit une chapelle de secours dédiée à saint Georges, et relevant naturellement de l'église de Pont, puisqu'elle se trouvait sur son territoire. Vers l'an 1030, le comte de Bourgogne, voulant avoir un prieuré près de ce château, donna cette chapelle aux moines de Saint-Bénigne de Dijon, pour y bâtir un petit monastère qui serait desservi par quatre religieux. Cette fondation n'eut point lieu alors, mais les sires de Faucogney la firent revivre en l'augmentant soixante années plus tard. Seulement ils ont rapproché le prieuré du château, et l'ont dédié à saint Nicolas, parce qu'ils ont obtenu des reliques de ce saint, qu'un des leurs avait rapportées de Bari, en revenant de visiter les saints lieux. Ayant succédé aux religieux de Saint-Bénigne, nous avons hérité de tous leurs droits; la chapelle de Saint-Georges, qui figurait dans la donation primitive, nous est restée; le prieur de Saint-Nicolas a droit de patronage et nomme le titulaire.

Pour assurer la régularité du service divin, je voudrais qu'il fût fait par un de nos religieux, ou du moins par un prêtre séculier soumis à notre règle et à notre juridiction. En cela, je n'ai en vue que l'intérêt des fidèles, du prieuré et du chapelain lui-même. Messire Arnoux, qui a les allures vives et le caractère entier, n'est pas de cet avis et lutte avec une ardeur qui serait digne d'une plus noble cause. Comme il voit la population s'accroître, il pense à secouer le joug et voudrait ériger sa chapelle en église paroissiale. Voilà toute la question.

— En sorte que le chapelain de Saint-Georges est simplement un vicaire tourmenté du désir de devenir curé? demanda l'archevêque.

— Pas autre chose. Le désir est certainement très légitime, mais les moyens qu'il emploie pour le réaliser ne le sont pas. Je suis tout disposé à faire les plus larges concessions; jamais, cependant, je n'abandonnerai les droits de mon prieuré, et je suis persuadé que les arbitres me donneront raison, parce que la justice de ma cause est évidente. Au reste, j'aperçois le curé de Pont qui vous attend à la tête de ses paroissiens; il va sans doute vous présenter quelques requêtes du même genre.»

Le hameau de Pont, qui avait alors son territoire à part, comptait une trentaine de maisons. Son église, d'une architecture difficile à caractériser, formait le centre d'une vaste paroisse dont relevaient les Haberges, Vesoul, Coulevon, Navenne, Graisse, Echenoz et Noidans.

Par une de ces bizarreries que l'on trouve si fréquemment au moyen âge, on y comptait autant de portes qu'il y avait de sections principales dans la paroisse. On avait été obligé de recourir à ce moyen pour éviter les querelles et les rixes qui éclataient trop souvent entre les paroissiens des différents villages quand ils devaient passer par une même porte.

C'était là un défaut de nos aïeux. La patience et le silence dans le lieu saint ne furent jamais leurs vertus favorites, et il n'était pas rare de les voir se donner des coups de poing en guise d'eau bénite.

Les sires de Faucogney aimaient cette vieille église, où l'on venait de loin vénérer les reliques du grand évêque de Tours. Ils en étaient les bienfaiteurs et les avoués, et messire Etienne, curé actuel de Saint-Martin, espérait être appuyé par Gislebert dans ses réclamations.

Après avoir salué le prélat, le priant de bénir ses paroissiens rassemblés, il porta plainte contre messire Arnoux, vicaire rebelle et entreprenant, qui, fier du nombre de paroissiens groupés autour de sa chapelle, ne songeait à rien moins qu'à secouer le joug et à s'élever sur les ruines de son propre curé et de la vénérable église de Saint-Martin.

Le saint répondit, avec sa prudence accoutumée, qu'une affaire de ce genre regardait surtout l'évêque diocésain et le tribunal de l'officialité; qu'au reste, pour la traiter, il conviendrait de nommer des commissaires désintéressés qui feraient un rapport exact, ensuite duquel on porterait un jugement équitable, et que s'il le désirait, l'archevêque Humbert en serait prévenu dans quelques jours.

Messire Etienne goûta fort cette proposition, le chapelain du prélat prit note de ses doléances, et l'escorte se dirigea par un chemin raide, serpentant à travers les vignes, vers le village de Charriez.

Là on rencontra le sire de Traves, qui venait courtoisement, avec ses hommes d'armes, au devant de l'illustre voyageur et voulait l'escorter jusqu'à l'abbaye de la Charité, dont les terres touchaient les siennes et qui avait été fondée par Alix, femme de Thiébaud II, sa mère.

— Il faut nous séparer, dit le prélat au sire de Faucogney et aux hommes de sa suite. Je bénis le Ciel d'avoir rencontré chez un des plus hauts barons de Bourgogne les sentiments de respect et de soumission que j'y ai trouvés pour le pontife véritable. La lutte sera longue et difficile, mais un jour viendra où l'empereur lui-même, désabusé et revenu de son erreur, ne fera qu'estimer davantage ceux qui n'auront jamais sacrifié leur foi religieuse aux exigences de la politique. Vous serez de ce nombre, sire de Faucogney, et pendant longtemps encore, votre noble race fournira au comté de Bourgogne ses guerriers les plus intrépides, au diocèse de Besançon ses prêtres et ses suppôts les plus éminents. Que le Seigneur entende mes paroles, et que la Vierge du château de Vesoul protége toujours votre famille, vos hommes d'armes et votre généreuse contrée!

De vives acclamations saluèrent ces touchants adieux. Emu des paroles prophétiques du saint vieillard, le sire de Faucogney le remercia avec effusion, et jura que lui et ses vassaux feraient tous leurs efforts pour se montrer dignes de la confiance que l'éminent prélat leur témoignait.

— Seigneur, s'écria Guillaume de Calmoutier en mettant un genou à terre, le passage de Votre Révérence dans ce pays sera pour moi le plus doux des souvenirs. Vous avez rendu la paix à ma maison en me rendant le cœur d'une femme que j'aimais, et qui était plus malheureuse que coupable. Si je passe désormais des jours tranquilles, c'est à vous que je le devrai. Disposez de moi, de tout ce qui m'appartient, et permettez-moi de vous instruire plus tard du succès de votre démarche.

L'archevêque le lui permit volontiers, et continua sa route vers l'abbaye de la Charité, tandis que la troupe du sire de Faucogney reprenait le chemin de Vesoul.

— Il faut avouer, dit le vieux sire de Ronchamp, que Sa Sainteté le pape Alexandre a un digne représentant; il serait bien difficile qu'avec un serviteur aussi parfait, le maître ne valût rien, comme le prétendent les Allemands. Entre nous, ajouta-t-il en s'adressant au jeune d'Anglure, croyez-vous que les Milanais se trompaient beaucoup quand ils ont appelé son compétiteur pape de paille, et qu'ils ont lancé jusque sur son trône un mannequin fait à sa ressemblance?

— Ma foi, dit Philippe, je ne suis pas grand clerc, et je connais mieux l'épée que le droit canon, mais j'incline fort à penser comme vous. C'est prodigieux que l'effet produit par cet homme! L'empereur ferait déranger moins de monde s'il passait dans ce pays, et je n'ai jamais vu de pareilles marques de respect ou de joie. Vous autres gens du Comté, vous m'avez l'air de fameux enthousiastes!

— Voilà bien la première fois que pareille accusation est portée contre nous. Les gens du Comté enthousiastes! Vous n'y pensez pas, jeune homme. Nul peuple n'est plus lent, plus difficile à émouvoir; mais quand une fois son cœur est touché, quand sa volonté est subjuguée, rien au monde ne saurait l'empêcher de manifester ses sentiments. Quand nous sommes enthousiastes, je vous assure que ce n'est pas sans raison.

» Un des plus beaux mouvements d'enthousiasme que j'aie vus dans notre pays, c'est celui qu'y excita le vénérable Bernard, abbé de Clairvaux. C'était dans l'automne de l'an 1134. J'accompagnais à Besançon le sire de Faucogney, qui désirait entretenir le saint de sa fondation de Bithaine. Il y avait tant de monde dans la ville qu'on ne savait où loger. Toutes les boutiques étaient fermées, tous les travaux suspendus. Le saint prêchait en plein air, plusieurs fois par jour; il exerçait par sa parole une influence tellement prodigieuse, que quand il quitta la ville, une partie de la population l'accompagna jusqu'à Langres, qui est distant de plus de vingt lieues. Oui, cette fois les Bourguignons du Comté se montrèrent enthousiastes. Mais quel homme aussi que l'abbé de Clairvaux! En verra-t-on souvent de pareils?

» L'archevêque de Tarentaise n'a pas son éloquence, mais il a sa vertu, il a sa bonté, il a sa puissance auprès de Dieu, car il fait des miracles chaque fois qu'il est besoin pour confirmer sa mission, et c'est pour cela que l'empereur lui-même l'estime, quoiqu'il trouve en lui le plus grand obstacle à l'exécution de ses projets.

— Certes, répondit Philippe, je regarderai comme un de mes beaux jours celui que j'ai passé en compagnie de cet homme illustre, et je trouve le sire de Faucogney fort honoré d'avoir reçu dans son château un pareil hôte.

— N'avez-vous pas remarqué qu'il regardait avec complaisance le château, le prieuré, le bourg, la vallée ; il a même eu l'attention de distinguer entre les autres cette pauvre vigne de la Motte, dont les destinées vont se jouer d'ici aux vendanges prochaines; il a consolé le maître en lui faisant espérer qu'il la conserverait. Je le souhaite, car ce serait vraiment dommage de perdre ce joyau.

» Savez-vous, Philippe, que je regarde les paroles du saint archevêque comme autant de prophéties. Oui, notre sire conservera sa vigne, et Pierre de Tarentaise reviendra encore à Vesoul, comme il l'a promis. S'il n'y revient pas vivant, il y reviendra mort, et j'estimerais autant ses reliques que celles qui nous arrivent d'Orient ou de Grèce, au prix de notre or et de notre sang. »

Quand l'escorte arriva au pied de la Motte, elle rencontra, vers l'entrée des vignes, un groupe considérable de jeunes gens de Vesoul et des environs. Ce groupe écoutait attentivement un orateur à cheval sur un pan de muraille. Cet orateur n'était autre que Bibi Gousse-d'Ail, invitant les jeunes filles du voisinage à se marier promptement, si elles voulaient obtenir la magnifique propriété qu'on devait vendanger le lendemain.

Le bruit de l'annonce faite la veille à Bithaine s'était déjà répandu, et la jeunesse, accourue pour voir le saint, profitait habilement de l'occasion pour voir aussi la vigne, et connaître les conditions auxquelles on pourrait l'obtenir.

— Que fais-tu là, drôle, demanda le sire de Faucogney à son fou ?

— Je donne la première leçon à mes novices, répondit l'orateur sans s'émouvoir.

Et la leçon profita si bien, que le dimanche suivant, le curé de Pont publia sept promesses de mariage, et que messire Arnoux, chapelain de Saint-Georges, qui n'avait aucun droit de le faire, osa pour la première fois en publier trois !

VIII.

Connaissez-vous une époque de l'année plus agréable que celle des vendanges? Le laboureur est heureux sans doute quand il conduit dans ses greniers une abondante moisson, mais sa joie n'est rien auprès de celle qu'éprouve le vigneron quand il arrive au moment fortuné où il peut enfin recueillir des fruits pour l'existence desquels il a tremblé vingt fois. Est-ce au bonheur d'avoir évité les nombreux ennemis qui menacent la vigne, à l'espoir de voir leur cellier bien rempli, à la jouissance de goûter la récolte en la recueillant, qu'il faut attribuer cette joie des vendangeurs? Je n'en sais rien, je constate le fait.

Au XIIe siècle, les vendanges étaient véritablement une fête en Franche-Comté. Les grands ne dédaignaient point de s'associer aux petits pour en faire l'ouverture, et l'estime pour le vin du crû allait d'autant plus loin que les vignes étaient encore rares.

Il ne faut pas en conclure qu'on regardait la partie supérieure de notre province comme incapable de produire du vin. Les Gaulois avaient inventé les tonneaux, ils ont toujours tenu à s'en servir.

Sans remonter au temps où l'empereur Probus faisait planter des vignes à ses légions, il nous reste des preuves incontestables de l'existence de vignes dans des lieux où l'on n'irait guère les chercher aujourd'hui. Qui croirait qu'autrefois on cultivait la vigne dans nos montagnes de la Haute-Saône, et que certains points des Vosges, qui n'offrent autre chose à la vue que des rochers et des sapins, avaient au Xe siècle des vignobles florissants?

Ce furent nos colonies monastiques du XIIe siècle qui donnèrent l'impulsion la plus vive à ce genre de culture. Les coteaux qui bordent les vallées de l'Ognon et de la Saône furent plantés de vigne par les religieux de Bellevaux, d'Acey et de Corneux; les moines de Cherlieu, de Clairefontaine, de Luxeuil et de Bithaine, réussirent à l'acclimater dans des régions qui avaient paru jusqu'alors trop humides et trop boisées. Les seigneurs marchèrent sur leurs traces, et voulurent aussi avoir du vin de leur crû, et dans les transactions de cette époque on trouve souvent cette clause, que telle pièce de terre est concédée ou vendue afin d'être plantée en vigne, *ad plantandam vineam*.

Un des meilleurs revenus de nos comtes souverains était le produit des vignes d'Ornans, Quingey, Arbois, Poligny et Salins. Ils appréciaient même très fort leurs vignes de Magney, près Marnay, et le comte Rainaud III, beau-père de Barberousse, ne dédaignait point d'en aller vérifier lui-même les limites avec ses chevaliers (v. 1145).

Après avoir prélevé ce qui était nécessaire à la maison du maître, on vendait le surplus à des marchands qui venaient de fort loin pour l'acheter, et l'emmenaient sur de lourds chariots, ou l'emportaient par charges sur le dos des ânes et des mulets.

Le marché au vin de Vesoul avait lieu vers le commencement de mai, époque à laquelle le vin était considéré comme fait, et les chemins praticables pour les marchands. La difficulté des transports et les nombreux péages qu'il fallait traverser et nécessairement payer, augmentaient de beaucoup la valeur de ce produit, dont le prix dans nos contrées égalait généralement douze à quinze fois celui du blé ! Quand le blé se vendait 3 ou 4 sous la mesure, le vin de Chariez et Vesoul se vendait de 38 à 45 sous la pièce.

Le sire de Faucogney se faisait un point d'honneur de ne jamais vendre le vin de sa vigne de la Motte. La récolte la plus abondante suffisait, du reste, à peine à l'entretien de la maison, aux réserves qu'il faisait pour n'être jamais pris au dépourvu, et aux cadeaux qu'il distribuait libéralement à ses amis des montagnes.

Certes, Gislebert était généreux, et s'il faisait garder ses vignes pour les préserver des maraudeurs, il ne lui était point venu à l'idée de faire ce que font aujourd'hui les propriétaires de Sillery ou du Clos-Vougeot, d'interdire aux vendangeurs de manger du raisin. La vendange se faisait par corvées, et il n'était pas besoin ce jour-là de contraindre les corvéables pour les amener au travail; c'était une partie de plaisir dont les habitants de Vesoul se disputaient la jouissance. On laissait aux femmes le soin de vendanger. Les hommes portaient le raisin près des voitures, et les laboureurs des environs venaient tour à tour le conduire au château ou au bourg, selon que le vin devait être consommé sur place ou transporté à Faucogney.

La vigne seigneuriale s'étendait au-dessous du château et regardait le midi. Le grand chemin du Marteroy aux Haberges la traversait dans sa partie supérieure ; un petit mur entremêlé de buissons, de ronces et d'épines, la bordait de ce côté, tandis qu'une forte haie bien entretenue formait le pourtour dans la partie la plus rapprochée du bourg.

Pour faire la récolte en un seul jour, il ne fallait pas moins de 120 personnes : 80 vendangeurs, 20 porteurs, 4 surveillants, 8 voituriers ou aides charretiers et 8 hommes pour mouvoir les treuils ou pressoirs et verser le vin dans les cuves, que le tonnelier du château et ses aides surveillaient jour et nuit.

Le soleil était levé depuis une demi-heure lorsque la vendange commença. Tous les ouvriers étaient à leur poste; le sire de Faucogney, sortant du château accompagné de plusieurs amis en costume de chasse, entra dans la vigne, cueillit une grappe de raisin, dont il mangea quelques grains, pour la jeter ensuite dans un tonneau placé près de l'entrée. C'était le signal traditionnel de l'ouverture des vendanges, et les 80 ouvriers qui n'attendaient que ce signe se mirent aussitôt à l'œuvre, tandis que le sire se dirigea vers les Haberges, pour chasser le cerf dans les bois de Bougnon.

Maître Jobard, intendant des vignes seigneuriales, et doyen des vignerons de la paroisse, surveillait l'ensemble des opérations, et cherchait à réfréner la langue des vendangeuses, qui l'écoutaient médiocrement.

« Je ne sais pas, grommelait-il à l'extrémité d'une longue rangée de ceps déjà entamée par la serpette des ouvriers, je ne sais pas ce que devient le monde à présent, on ne peut plus en jouir. Les valets ont telle insolence qu'aujourd'hui le maître n'est plus rien...; et puis notre sire Gislebert est trop bon..., il parle si familièrement à ces rustres qu'ils s'enhardissent et ne respectent plus les serviteurs et les officiers de sa maison. Les représentants de l'autorité ne sont plus rien. Dans mon jeune âge c'était bien autre chose!... « Holà! Georgette, pourquoi disputez-vous donc si fort avec Jacqueline?

— Elle me dit que je devrais me marier la semaine prochaine avec le pâtre de Quincey, pour avoir la vigne de la Motte.

— Travaillez sans mot dire, petite sotte. Cette vigne n'est ni pour vous ni pour vos pareilles. »

Et maître Jobard continua son monologue avec plus d'amertume. « Je le disais bien! Quelle idée ridicule a eue notre sire! Sauf le respect que je lui dois, avait-il besoin d'aller faire une promesse qui tournera la tête à toutes ces petites pécores? Ce sera un bel exploit que celui qui fera passer cette vigne, que mon grand-père, mon père et moi avons soignée avec tant de sollicitude depuis soixante ans, aux mains de Pierrot, fils de Pierrette, ou de Jacqueline, fille de Tiennet la Ripaille. Eh bien! foi de Jobard, si pareil scandale arrive, je me retire complétement, et la maison de Faucogney deviendra ce qu'elle pourra. Ah! voici le fou de monseigneur, je vais savoir ce qu'il y a de vrai dans tous ces bruits; je trouve plus de bon sens dans la tête de ce fou que dans le cerveau de beaucoup d'autres qui ne portent point de grelots à leur bonnet. »

Bibi venait en effet prendre sa part des vendanges. Sa visite était bien le plus joyeux passe-temps des ouvriers, ils la préféraient de beaucoup à celle du sire leur maître, et se trouvaient entièrement à l'aise avec lui.

« D'où venez-vous donc de si bon matin? lui dit le maître vigneron, en le voyant franchir le mur de clôture.

— Ah! c'est vous, maître Jobard. Je vous rends mes devoirs; je viens de visiter les vignes du Point-du-Jour et l'enclos du prieuré, mais tout cela n'approche pas de la vôtre.....

— Vous êtes bien aimable, maître Bibi, répliqua Jobard, flatté du compliment; accepteriez-vous quelques beaux raisins? Nous en avons de parfaitement mûrs et de délicieux le long de cette muraille.

— Volontiers, cousin Jobard, d'autant plus qu'aux prochaines vendanges, il se pourrait qu'il n'y en eût plus pour nous.

— Ce que disaient les vendangeurs serait donc vrai.

— Que disaient-ils?

— Que la vigne de la Motte est perdue pour notre maître, et que le premier manant venu peut s'en emparer dans l'année, pourvu qu'il fasse semblant d'être heureux. Y pense-t-on, maître Bibi? Une vigne dans laquelle j'ai fait cette année 1,200 fosses, et placé 3,000 échalas de chêne que je suis allé chercher jusqu'à Meurcourt et à Provenchère! Une vigne de pur pineau!.. Mais à quoi songe notre sire? Est-ce que vous, qui lui parlez en toute liberté, vous n'auriez pu lui remontrer le tort qu'il se faisait? Jour de ma vie! j'en mourrai de chagrin!

— Calmez-vous, fidèle Jobard, se hâta de dire le fou. Entre nous, continua-t-il en baissant la voix, si notre maître a fait une sottise, il n'est pas allé loin avant de le reconnaître. Mais un chevalier n'a que sa parole, et celle qu'il a donnée à Quers pourrait lui coûter cher. Il n'est pas défendu pourtant à ses amis de l'aider à sortir de ce mauvais pas; nous y travaillerons tous, et vous y aiderez, je l'espère.

— Comment pourrais-je faire?

— Le moyen est simple, mon bon Jobard. On va publier l'ordonnance de notre sire dans toutes les terres de ses domaines. Les jeunes gens s'imaginant qu'il suffit d'être marié pour être heureux, vont se précipiter en masse aux pieds des autels. Bon nombre ne sauront pas se contrefaire, et seront hors de combat avant trois mois. Les autres, comme vous le dites très bien, pourront faire les hypocrites, mais on les surveillera, on les prendra en défaut, et alors adieu la vigne. Comprenez-vous?

— Il me le semble; mais comment s'exercera cette surveillance?

— Ce n'est pas difficile. Dans chaque paroisse, le maire, qui est l'homme du seigneur, et le curé, qui est l'homme de Dieu, surveilleront et rendront compte des choses au plus près de leur conscience. Mais on connaît des maires maladroits, des curés complaisants, ils seront contrôlés à leur tour. Notre sire aura ses inspecteurs et ses surveillants particuliers et inconnus; ils pourront avancer et éclaircir beaucoup la question, en pénétrant dans les ménages, se rendant compte de tous les bruits, attisant même un peu la discorde, s'il le fallait.

— Mais c'est un métier de Judas que celui-là?

— Pas du tout, pas du tout, honnête vigneron. Vous craignez que des hypocrites ne dévalisent notre maître; avez-vous d'autres moyens de les démasquer que celui d'une surveillance cachée, et que personne ne soupçonnera? Cela n'est pas difficile. Mais il faut des hommes sûrs, connaissant le pays et dont on ne se défie pas. Vous, Jobard, par exemple, qui êtes tout dévoué au maître, ne lui rendriez-vous pas service en surveillant les nouveaux mariés de la contrée? On dit que la semaine prochaine il y aura dix mariages dans la paroisse, sans compter ceux qui se feront dans les environs. Je suis sûr que vous connaissez aussi bien ceux qui se préparent à Pusey, Vaivre, Frotey et Quincey que ceux de Vesoul?

— A peu près.

— Vous êtes prieur des confrères de Saint-Vincent, et le premier vigneron du pays; on vous reçoit dans toutes les veillées, vous savez une quantité d'histoires de ménage, d'affaires de famille; vous entendez le récit de toutes les querelles et toutes les discussions. N'est-ce pas vrai encore?

— C'est très exact.

— Eh bien, ces histoires que vous entendriez, ces querelles dont vous seriez instruit, il faudrait simplement me les faire connaître. Vous rendriez un grand service au seigneur Gislebert, vous l'aideriez à conserver sa belle vigne, vous ne perdriez pas un emploi que vous remplissez avec tant d'honneur et de succès depuis plus de vingt ans....

— Et notre illustre sire ne serait pas déshonoré, interrompit Jobard, qui comprenait à merveille.

— C'est cela même, continua Bibi. Personne ne se défie de vous; nous garderons le secret tous deux, et nous ferons une œuvre de charité en empêchant notre bon maître d'être victime de sa trop généreuse confiance. »

On se sépara. Jobard était ravi du rôle important qu'il allait jouer, Bibi ne l'était pas moins d'avoir trouvé un instrument aussi docile pour l'exécution de ses plans.

Le fou passa la moitié de la journée à courir les vignes, adressant force quolibets aux vendangeurs, faisant les délices des enfants par ses cabrioles et des grandes personnes par ses réparties vives et agaçantes. Son idée fixe était de se rendre compte des moyens qu'il pourrait employer pour arriver à connaître dans ses détails l'histoire des futurs concurrents, afin de disséquer en quelque sorte leur vie intime, et de pouvoir les confondre au jour où leurs mérites respectifs seraient débattus, et la vigne adjugée.

Au désir bien légitime de conquérir sa seigneurie de Quiquengrogne, se joignait un sentiment d'envie dont il ne se rendait pas exactement compte, mais qui lui faisait désirer vivement de trouver les époux en défaut, pour se consoler un peu lui-même de ce qu'il ne serait jamais marié.

La rencontre qu'il fit en visitant les treuils ou pressoirs établis au pied de la montagne, fut pour lui un trait de lumière et lui donna la solution du problème qu'il songeait à résoudre.

Le personnage qui pouvait seconder à merveille les projets du futur maître des novices n'était autre que l'honorable Grégoire, dit Musquin, barbier de la paroisse et chirurgien ordinaire du château de Vesoul.

Les idées actuelles permettent à peine de comprendre l'importance d'un barbier au moyen âge, mais les différentes fonctions attribuées à ces honnêtes artisans ne permettent pas de la révoquer en doute.

Le barbier de la paroisse était une puissance qui dominait celle du maître d'école et de la sage-femme, égalait celle des échevins, et contrebalançait celle du curé. Son rôle ne se bornait pas, comme on pourrait le croire, à raser proprement les mentons qui venaient se confier à ses mains délicates le samedi de chaque semaine. C'était lui qui faisait toutes les saignées, connaissait de toutes les fièvres, décidait de toutes les foulures et contusions du pays. Lui seul composait un élixir capable de fermer toutes les plaies, et des emplâtres sous l'action desquels les plus affreuses meurtrissures disparaissaient comme par enchantement. Dans quelques occasions solennelles, il employait même le fer et le feu, dont il était défendu aux curés de se servir dans les opérations chirurgicales, et plus d'une fois les succès merveilleux d'un barbier de village firent le désespoir des physiciens ou médecins émérites qui habitaient les villes ou les cours des princes.

Grégoire dit Musquin, barbier du château de Vesoul, était un habile homme, supérieur certainement à la plupart de ses confrères. Il avait suivi les chevaliers bourguignons sous les ordres du comte Rainaud dans la guerre de l'indépendance, connaissait l'Italie et l'Allemagne pour les avoir parcourues l'épée et le rasoir à la main.

L'opposition de sa femme lui avait même empêché de prendre part à la troisième croisade. Par un élan de dévotion inconsidérée, il avait fait vœu, à cette époque, d'aller raser le soudan de Damas, et de rapporter sa barbe pour en faire un *ex-voto* à Notre-Dame du château de Vesoul. Les représentations de sa femme et, plus encore, les mauvaises nouvelles venues d'Orient, avaient singulièrement ralenti son ardeur. Ne pouvant accomplir son vœu, il s'était fait une loi de raser gratuitement les gens d'église et les pèlerins, dont la barbe était beaucoup plus tendre que celle de Saladin, à ce que prétendait malignement le vicaire de Saint-Georges.

Grégoire dit Musquin cumulait avec ses fonctions de barbier, chirurgien, apothicaire, celles d'arbalétrier et d'imagier. Sa petite boutique renfermait les meilleures cordes d'arc de tout le pays, et le sire de Faucogney ne confiait à personne d'autre qu'à lui le soin de fournir les traits et de raccommoder les arbalètes de ses archers. Dans ses moments de loisir, maître Musquin fabriquait encore des marionnettes, qui servaient à la représentation des mystères et même à la décoration de l'église aux jours de grandes solennités. Aussi, Grégoire était-il en grand honneur dans l'église paroissiale de Pont, et le chapelain de Saint-Georges cherchait-il par tous les moyens à détacher de la mère-église un homme dont l'habileté mettrait en relief l'humble chapelle du bourg naissant, et donnerait des représentations capables d'attirer tous les paroissiens de la vallée.

Musquin ne se laissait point ébranler par ces attaques sournoises ; il aimait sincèrement sa paroissiale de Pont, auprès de laquelle son beau-frère tenait une boutique de pâtisserie et faisait d'excellentes affaires en vendant des gâteaux aux fidèles qui sortaient de l'office. Le barbier machiniste avait même fait un vrai chef-d'œuvre du genre, en confectionnant les masques et figures qui devaient servir à la représentation de la vie de saint Martin au jour de la fête patronale, et le succès avait tellement couronné ses efforts, qu'il se proposait d'en faire autant pour sainte Catherine, et de retracer publiquement la vie de cette illustre patronne des barbiers.

Ajoutons qu'à ces talents divers, Grégoire dit Musquin joignait celui de résumer admirablement — chose rare chez un barbier — toutes les nouvelles du pays, et pouvait remplacer avec honneur le journal hebdomadaire de Vesoul, qui n'était pas encore inventé.

En somme, maître Grégoire était un personnage important. On s'en apercevait, du reste, à l'attention quasi respectueuse avec laquelle les vignerons attachés au service du pressoir écoutaient ses paroles, quand Bibi arriva.

Appuyé négligemment sur le bord d'une vaste cuve dont il dégustait le contenu d'un air capable, le barbier faisait une dissertation sur les qualités, la valeur et l'avenir du vin nouveau.

— Par sainte Catherine, disait-il, voilà du clairet qui fera délier plus d'une langue, tourner plus d'une tête et jouer plus d'un bras avant qu'il soit six semaines! Qu'on vienne nous parler des vins d'Arbois ou de Gy! Quand la récolte est tardive, nous ne sommes peut-être pas les premiers; mais vendangé au 10 septembre, le vignoble de Vesoul peut soutenir la comparaison avec tous ceux du Comté et même de l'empire!

— Voilà qui est bien dit, remarqua le plus âgé des vignerons présents. Grégoire a voyagé, il s'y connaît, on peut l'en croire.

— Qui est-ce qui a de bon vin si ce n'est le prince, murmura un autre ouvrier?

— Et encore, ajouta un troisième, il n'en est pas content, puisqu'il offre de donner sa vigne à tous les jeunes mariés du pays.

— Pas possible! s'écrièrent en chœur les deux autres.

Maître Musquin, tout occupé à déguster une nouvelle tasse du nectar qui pétillait dans la cuve, n'avait pu glisser un seul mot dans cette conversation; il déposa rapidement sa tasse et dit :

— On verra! on verra! Les mauvais gueux d'archers qui sont venus semer cette nouvelle hier matin sont des gaillards qui avaient bien sûr envie de décider les fillettes du château à les épouser. C'est stupide qu'un bruit pareil! Est-ce que le sire de Faucogney peut ainsi se défaire de sa vigne? Est-ce que moi, par exemple, sans aller bien loin, je n'ai pas droit, chaque année, à douze channes de vin de la Motte pour frais de réparations aux arbalètes du château? Comment me paierait-il loyalement s'il donnait sa vigne? Cela ne se peut pas, et sauf le respect que je lui dois, je m'y opposerai de toutes mes forces!

— Et vous ferez bien, exclama la voix claire de Bibi, qui s'avança.

— Eh! c'est vous, sire fou, soyez le bienvenu; je vous ai toujours reconnu de l'esprit et du talent, et je suis heureux de voir que vous vous rencontrez si bien avec moi.

— Quand on veut marcher dans la voie du bon sens et du savoir, sire barbier, on n'a qu'à vous suivre.

Les vignerons admiraient cet échange de courtoisie, digne de deux chevaliers, et pour ne point rester en arrière, ils présentèrent une coupe de corne à Bibi, qui goûta le vin nouveau en trinquant avec le barbier.

— Vrai! dit le fou en faisant claquer sa langue, ce vin sera digne de la table impériale. Quel dommage que sa source va bientôt passer à des manants!

— Il faut vraiment que vous le disiez pour que j'y croie. Est-ce donc irrévocablement décidé?

— Que trop, mon cher Grégoire! Le sire de Faucogney s'est imprudemment dépouillé; il ne reste qu'une ressource à ses fidèles serviteurs, c'est de soutenir ses droits, de chercher à connaître la vérité, à distinguer le faux bonheur du vrai, de manière à ce que la vigne lui reste.

Le chirurgien se gratta l'oreille, mouvement qui indiquait chez lui un désappointement suprême : il allait commencer un épithalame peu galant pour la mariée de Quers; Bibi l'en empêcha, et, l'arrachant aux délices de la cuve qu'il regardait d'un œil d'envie, il le conduisit sur la levée pour lui demander son concours.

Le barbier n'eut pas de peine à croire qu'un personnage aussi important que lui ne fût appelé à jouer un grand rôle dans cette aventure. Ses relations avec les grands, qu'il se flattait de voir souvent face à face, la renommée de ses emplâtres de vraie poix de Bourgogne que les paysans venaient chercher de trois lieues à la ronde, la popularité de ses marionnettes chéries des clercs et des gens d'église, le mettaient à même d'obtenir des renseignements aussi sûrs que nombreux. Bibi ne crut pas s'avancer trop en lui promettant que ses douze channes annuelles de vin seraient portées au triple, s'il aidait Gislebert à conserver sa vigne.

Ravi de cette perspective d'aventures qui devait le grandir dans l'estime de tous, Musquin jura d'employer tout son génie à faire triompher la bonne cause et démasquer les hypocrites qui auraient des vues ambitieuses sur le domaine de son maître.

Le soir de ce jour, quand le sire de Faucogney eut appris de son intendant que la récolte avait dépassé les espérances, et que la qualité du vin en égalerait la quantité, il regretta encore la parole donnée, mais ce fut la dernière fois. Son sacrifice était fait, et quand Bibi vint lui présenter, en guise de bonsoir, quelques lamentations sur la prochaine perte de sa vigne, il fut repoussé durement : « Va-t'en, traître, lui dit le sire, tu viens me tenter ; un chevalier n'a que sa parole. Demain, Philippe d'Anglure et mon prévôt de Vesoul iront dans tous les villages de ma terre annoncer que la lice est ouverte. »

En effet, le lendemain, le jeune d'Anglure et Girard, prévôt de Vesoul, accompagnés d'un clerc et de deux archers, commencèrent leur voyage.

Rien n'était plus simple que le mode de publication alors en usage. Le peuple s'assemblait au son de la cloche devant l'église paroissiale, le clerc lisait la charte ou ordre du seigneur à haute voix, le curé en expliquait la teneur au peuple en langue vulgaire, et donnait aux commissaires une attestation constatant qu'ils avaient accompli leur mission dans sa paroisse.

Le prévôt de Vesoul, prenant ensuite le curé et le maire en particulier, les prévenait de la part du sire de Faucogney qu'ils seraient appelés deux fois dans le cours de l'année à donner leurs appréciations sur les concurrents de leur village, et qu'en conséquence ils devaient les surveiller pour en répondre « au plus près de leur conscience. »

Le voyage des commissaires dura dix jours. Ils avaient commencé leur visite par Frotey, allant dans la direction de Noroy, Ronchamp et Corravillers, pour revenir par Meurcourt, Breurey et Montigny.

Le clerc qui les avait accompagnés, et qui devait garder le secret, raconta son voyage à Bibi, et lui montra la liste des époux qui, dans les quatre-vingts villages de la terre, s'étaient fait inscrire et se confiaient assez en leur bonheur pour affronter les chances du concours. Il y en avait 223!

Le fou ne trouva pas de meilleur moyen pour se procurer copie de cette liste que de conduire le clerc dans les cuisines du château, où il lui versa force rasades de vin vieux, et tandis qu'il dormait, Bibi transcrivit la liste sur ses tablettes et constata que Guillaume et Guillemette n'y avaient point été oubliés.

IX.

Plusieurs mois se sont écoulés depuis les dernières vendanges. Nous sommes à la porte du château de Montjustin. Vieille forteresse bâtie sur une montagne isolée et de difficile accès, Montjustin est un des meilleurs châteaux forts de Bourgogne, et se flatte d'être l'un des plus anciens, parce que ses murailles ont servi de refuge à Clotilde fuyant les embûches de son oncle Gondebaud et venant épouser Clovis.

La tradition peut être contestée; mais ce qui ne saurait l'être, c'est l'importance de ce château dès les temps les plus obscurs du moyen âge. Les comtes de Bourgogne se firent un honneur de le posséder en apanage; ils y établirent une prévôté et des foires florissantes, dont les maquignons et les bouchers de l'arrondissement de Lure soutiennent encore scrupuleusement la vieille renommée, en y faisant quatre fois par an provision de bétail, et surtout de ces animaux encornés connus dans le commerce de la boucherie saônoise sous le nom de *moutons de Montjustin.*

Deux pèlerins vêtus de longues robes grises parsemées de coquillages, et qui paraissent s'être rencontrés fortuitement au bas de la montagne, arrivent devant le pont-levis, une demi-heure après le coucher du soleil. D'une voix suppliante et au nom du doux Jésus et de la bonne Vierge, ils demandent à être admis dans le château pour y passer la nuit.

Le sire de Montjustin se piquait de courtoisie envers les pèlerins et les gens d'église. Plusieurs de ses parents étaient membres des illustres chapitres de la métropole bisontine, et son aïeul était mort à la première croisade, avec les comtes Etienne et Rainaud de Bourgogne.

Les pèlerins n'eurent pas besoin de réitérer leur prière. Bien qu'ils ne portassent point la croix rouge, signe distinctif de ceux qui avaient visité les lieux saints, ils furent accueillis avec empressement par les hommes de garde, qui annoncèrent leur arrivée à l'intendant du château.

Le sire de Montjustin était absent; il était parti la veille pour le château de Dole, où se trouvait alors la cour. Comme le Comté jouissait d'une paix profonde et qu'on n'avait aucune surprise à redouter, la dame de Montjustin remplissait, en l'absence de son mari, les devoirs de l'hospitalité.

L'apparition des pèlerins dans les châteaux était généralement bien accueillie, car c'était uniquement par eux qu'on apprenait les nouvelles des pays lointains; les dames, surtout, se trouvaient fort satisfaites de ces visites, qui, en rompant la monotonie de la vie solitaire et retirée qu'elles menaient dans leurs châteaux, leur faisaient connaître les faits d'armes des chevaliers les plus illustres, les reliques les plus respectables et les saints le plus en renom.

Les pèlerins ne furent donc nullement surpris quand ils entendirent le majordome leur dire : « Vous allez être tôt présentés à la gentille maîtresse de céans. »

L'heure du repas du soir était arrivée. Les pèlerins présentés à la dame de Montjustin déclarèrent qu'ils étaient originaires, l'un des environs de Jussey, sur la frontière française, l'autre des terres de Saint-Oyand-de-Joux, dans les monts Jura. Le premier venait de l'abbaye de Cluny, où il avait pu se prosterner aux pieds du souverain pontife, obligé de fuir l'Italie; il voulait terminer son pèlerinage par une visite à Notre-Dame du Haut et à Saint-Antoine des Froides-Montagnes. L'autre, qui était le plus âgé, avait voyagé partout un peu, et se dirigeait vers l'abbaye de Lieu-Croissant, où il voulait vénérer les reliques des trois rois mages qui venaient d'y arriver.

La dame de Montjustin eut grande joie d'entendre les pèlerins, car elle désirait avoir des nouvelles du pontife persécuté.

Une vaste pièce située au rez-de-chaussée du donjon servait de salle à manger en temps ordinaire à tous les habitants du château. Une estrade élevée de deux marches au-dessus du plancher supportait la table des maîtres, dont la place était indiquée par de grands fauteuils de chêne pour les parents, de simples chaises pour les convives, et des escabelles pour les enfants. Un petit fauteuil surmonté de deux oreilles d'âne indiquait la place du fou chargé d'égayer l'assistance par ses saillies et ses bons mots. L'un des pèlerins regarda ce fauteuil avec un sourire qui ne surprit personne, tant les oreilles étaient démesurément grandes.

En face de la table des maîtres, et formant une ligne perpendiculaire au milieu de l'estrade, se dressait la table des domestiques et employés du château ; des bancs massifs l'entouraient, et chacun y avait sa place marquée, depuis l'intendant jusqu'au forestier.

Des viandes bouillies de bœuf et de porc la chargeaient : le gibier ailé et la « rousse venaison » étaient réservés à la table des maîtres.

Dans cette noble simplicité de la vie patriarcale, les maîtres ne croyaient point déroger à leur dignité en mangeant avec leurs serviteurs, et les serviteurs n'oubliaient point le respect dû à des maîtres qui les traitaient d'une manière paternelle.

La dame de Montjustin voulut que les pèlerins fussent assis à sa table, afin d'entendre de leur bouche le récit des pieux voyages qu'ils avaient faits.

Le plus âgé avait visité l'Italie et s'était prosterné devant le tombeau des Apôtres ; il avait vénéré les reliques récemment rapportées de terre sainte, prié sous les cloîtres d'Agaune, arrosé de ses larmes la tombe des martyrs de Lyon, visité ensuite la basilique des saints martyrs Marcel et Bénigne, et voulait regagner les solitudes du Jura par l'abbaye des Trois-Rois et la ville impériale de Besançon.

Le plus jeune avait admiré les vertus du pape Alexandre, relégué à Cluny et pardonnant volontiers les injures qu'on ne cessait de lui prodiguer. Là aussi, il avait rencontré l'illustre archevêque Pierre de Tarentaise, dont il parlait avec enthousiasme, et le vénérable Anthelme, évêque de Belley, autre saint qui seul eût suffi à soutenir la bonne cause, et la jouissance que le pieux jeune homme avait éprouvée en entendant les paroles de ces saints vivants, lui semblait supérieure à celle que l'on éprouvait à visiter des reliques et des tombeaux.

L'assistance tout entière écoutait attentivement ces récits, dont la dame de Montjustin semblait vivement émue. Avant de se retirer, elle offrit, selon l'usage, une aumône aux pèlerins, qui eurent le bon goût de refuser, en lui promettant de se souvenir d'elle dans leurs prières.

Lorsque la châtelaine fut sortie, les gens du château, qui étaient avides de récits et de nouvelles, accablèrent les pèlerins de questions auxquelles ils répondirent d'une manière satisfaisante, exhibant des objets pieux rapportés de leur voyage et qui ne devaient laisser aucun doute sur la véracité et l'exactitude de leurs paroles. On leur demanda des nouvelles de la guerre, de l'empereur, des récoltes, du pape, des Lombards, de l'antipape, du roi de France, puis enfin du voisinage.

— Où avez-vous passé votre dernière nuit? demanda l'intendant.

— Au château de Vesoul, dont j'allais visiter la bénite Notre-Dame, répondit le plus âgé des pèlerins.

— Et qu'y a-t-il de nouveau. Parle-t-on toujours de la vigne de la Motte? Sait-on qui l'aura?

— J'en ai entendu parler beaucoup hier soir par les gens du sire de Faucogney. Il paraît que les concurrents des environs de Vesoul ne réussissent pas; j'ai ouï dire que jusqu'à ce moment le prix revient de droit à un ménage de la baronnie de Montjustin.

Une exclamation générale de surprise accueillit ces dernières paroles.

— Quel est donc ce ménage, demandèrent deux ou trois voix?

— Je n'en sais rien, répondit modestement le pèlerin, je ne voyage que pour la gloire de Dieu, l'honneur des saints et le salut de ma pauvre âme, sans m'occuper d'autres choses.

— Qui est-ce que ce pourrait être, se demandait tout haut l'intendant, portant la main à son front pour évoquer ses souvenirs?... — Chacun en faisait autant de son côté. — Ce n'est pas le châtelain d'Oricourt, puisque sa femme lui est peu fidèle; ce n'est pas le maire de Mollans, puisque son beau-père l'a déshérité; ce n'est pas le forestier de Borey, puisqu'il est malade depuis son mariage; encore moins Othenin, le chasseur de Liévans, puisqu'on lui a jeté un sort le lendemain de ses noces...

— Ne serait-ce pas Thiébaud la Charrue, qui reste à Velotte et semble si heureux avec sa jolie petite femme, demanda le forestier du château?

— Vous êtes encore un habile, maître Robin, riposta d'une voix aigre une des servantes; est-ce que tout le monde ne sait pas que la femme de Thiébaud la Charrue est sorcière, et qu'elle le quitte souvent pour aller au sabbat?

— Ah! je n'en savais rien. Je ne croyais pas qu'une belle jeune femme pût être sorcière, mais vous vous y connaissez sans doute mieux que moi... et vous n'avez pas peur de le devenir!

— On deviendra ce que le bon Dieu voudra, maître Robin, mais vous me faites pitié quand je vous entends donner la vigne de la Motte à des gens pareils. C'est comme si vous la donniez à votre cousine Angélique, qui prétend bien l'avoir, quand même je l'ai trouvée l'autre jour pleurant à chaudes larmes et se plaignant de ce que son mari n'avait pas de cœur.

— Si vous en êtes là, ma belle irritée, je vous en citerai d'autres encore que vous connaissez très bien, et qui s'en passeront aussi. Ce n'est pas votre cousine Jacquotte, de Noroy, dont le mari a mieux aimé partir pour la croisade au bout de trois mois, et affronter les Sarrasins, que de lutter avec ce dragon domestique ; ce n'est pas même votre sœur Agnès, mariée à Genevreuille, qui n'a d'autre motif de prétendre à la vigne de la Motte que son habileté à lever le coude ; ce n'est pas...

— Pour l'amour de Dieu et de Notre-Dame, s'écria le pèlerin d'un air contrit, arrêtez et ne déchirez pas ainsi le prochain! Pourquoi faut-il que je sois la cause de cette dispute?...

— Non, non! vous n'en êtes pas la cause, se hâta de dire l'intendant. A peine en êtes-vous l'occasion. Il faut bien que justice se fasse ; dans deux mois on saura ce qu'il faut penser de tout cela ; mais il faut que la cause soit débattue, vous ne savez pas comme tout le monde y est attentif ; il sera difficile de passer avec un bonheur de mauvais aloi. Croiriez-vous que nous avions trente-trois concurrents dans la baronnie de mon redouté maître. En y regardant de près, j'en vois déjà beaucoup qui ne sont pas présentables.

— Vraiment! fit le pèlerin d'un air consterné.

— Comme je vous le dis. Quand les maires viennent apporter les redevances en poules et en cire que paient les villages de la terre, ils nous en racontent de belles sur le résultat du concours!

— Mais, je les croyais tenus au secret, hasarda le pèlerin.

— Et comment voulez-vous qu'on les oblige au secret sur des choses publiques et connues de tous? Les maires ne sont pas confesseurs. Tout le monde guette et épie les concurrents ; dès qu'on les trouve en défaut, on va le dire au maire, au curé, on le raconte à la fontaine, et, comme le disait messire notre chapelain en expliquant l'Evangile de dimanche dernier, on va le crier sur les toits. Après cela, il y en a qui regrettent de s'être mariés, et ce n'est pas leur faute. Ainsi voilà Jeanjean, le vigneron de Marast, qui regrette ses engagements parce que sa femme a eu la petite vérole et fera triste figure le reste de ses jours : il n'en est pas cause ni sa pauvre femme non plus... Ce n'est pas le cas de la femme de Pierrin le Loup, et de la femme de Nicolas le Veau, de la Creuse, qui ont volé leurs maris pour s'acheter des colifichets à la foire de Luxeuil, et qu'on prit sur le coup ; ni de madame Laurent le Borgne, de Pomoy, qui buvait si fort avec deux amies, qu'un jour elles ont porté leur pâte dans un four qu'elles avaient oublié de chauffer.....

— Et combien d'autres, s'ils voulaient être sincères, auraient déjà abandonné la partie, reprit l'intrépide servante qui avait gardé le silence à grand'peine..., et, donnant un libre essor à sa langue, elle nomma encore une dizaine de filles de son âge qui faisaient semblant d'être heureuses tandis qu'elles ne l'étaient pas.

Quand la conversation s'arrêta, trente-un des couples concurrents étaient hors de combat, le trente-deuxième était rudement attaqué, un seul n'avait pas vu son bonheur contesté.

C'était la supputation que venait de faire le plus jeune pèlerin, qui, armé d'un poinçon, semblait lire attentivement sur ses tablettes.

Une des femmes de service, qui avait jeté un coup d'œil à la dérobée sur ces parchemins, fut surprise d'y voir une longue file de noms et demanda ce que cela signifiait.

— Ce sont les litanies des saints et des martyrs, lui répondit pieusement le jeune pèlerin. Je les récite tous les soirs avant de me coucher, et je note avec mon poinçon les grâces obtenues ou à demander par leur intercession.

— Quel saint jeune homme, dit tout haut la pauvre fille, il prie Dieu pendant que nous déchirons le prochain !

Cette réflexion coupa court aux appréciations malignes, et tout le monde se retira.

On offrit une chambre à chacun des pèlerins, mais ils déclarèrent qu'une seule suffirait pour les deux, parce qu'ils voulaient prier ensemble pendant une partie de la nuit, et partir dès que le pont-levis serait baissé.

Quand ils furent assurés que personne ne les entendait, le plus jeune dit à son compagnon : « Par les coquilles de saint Jacques ! nous venons de faire une magnifique soirée. Vous avez des idées d'or, frère Grégoire, et votre méthode simplifiera fort la besogne. En voilà trente de moins, les autres ne seront guère plus solides. Quand nous aurons visité ainsi les châteaux de Grange, de Fougerolles, Saint-Desle de Lure, et la grande foire de Ronchamp, la besogne sera bien avancée. »

Frère Grégoire avait bien envie de faire une longue réponse, mais un bruit léger qu'il entendit à la porte l'en empêcha ; il se contenta de répondre : *Amen.*

Au lever du soleil, les deux pèlerins sortaient du château, et le chapelain du village, qui voulait leur demander des nouvelles du pape, ne put les rejoindre, tant ils descendirent rapidement le chemin qui conduisait dans la direction de Grange, où la même scène devait se renouveler dans la soirée.

X.

Deux mois après, nous sommes à la grande foire de Notre-Dame, à Ronchamp.

Les hommes du progrès seront peut-être surpris d'apprendre que dans l'origine les foires avaient une teinte religieuse très prononcée. Au moyen âge comme aujourd'hui, ce n'était point assez d'un ordre princier ou d'un décret gouvernemental pour établir un centre de commerce et attirer les marchands vers un point quelconque du territoire. Le fait accompli régnait déjà dans toute sa force. La plupart des grandes foires du moyen âge ont commencé par les visites pieuses connues sous le nom de pèlerinages, et se sont établies sous l'autorité et le vocable d'un saint en renom. Si on voulait les compter, on ferait une curieuse statistique du commerce et de l'industrie dans ces temps calomniés et méconnus. On verrait toujours les foires les plus fameuses coïncider avec le jour de la fête des saints les plus renommés. La fameuse foire du Landit, près Paris, celle de Beaucaire, celle des Merveilles à Lyon, doivent leur origine aux fêtes de saint Denis, de sainte Madeleine et des dix-neuf mille martyrs.

Les marchands comtois s'y rencontraient avec les Flamands, les Lombards et les Espagnols ; ils rapportaient, en échange des produits de leurs pays, cuirs de Luxeuil et poix de Bourgogne, les denrées étrangères et rares qui devaient entrer dans la consommation de la province, paraître avec distinction sur ses marchés et alimenter le commerce intérieur.

Après plusieurs siècles, les foires de la Chandeleur et de Saint-Martin à Besançon, de Sainte-Catherine à Vesoul, de Notre-Dame à Gray, de la Toussaint à Luxeuil, de Saint-Mathias à Montjustin, etc., ont encore une importance que le temps a diminuée sans doute, mais qui rappelle pourtant les énormes agglomérations de vendeurs, d'acheteurs et de marchandises qui constituaient une foire au moyen âge.

A ceux qui croiraient le commerce nul et l'industrie éteinte dans le

XIIe et le XIIIe siècle, nous conseillons de lire les vieilles chroniques, nous montrant comme navigables et flottables des rivières aujourd'hui réduites à l'état de ruisseaux (1), et, mieux encore, les fabliaux et les poëmes faisant la description des foires d'alors. Quand ils verront qu'à la seule foire du Landit, qui se tenait dans la plaine Saint-Denis (9 octobre), les vingt-cinq mille écoliers de l'Université de Paris allaient en procession acheter leur parchemin pour l'année scolaire, ils auront une idée du mouvement incroyable qui régnait dans ces immenses réunions. Il est vrai que le chroniqueur appelle cette foire *la plus royale du monde*, et que nulle part ailleurs on n'aurait pu trouver vingt-cinq mille acheteurs de parchemin à la fois; mais, toute proportion gardée, on peut dire que si les foires du moyen âge étaient moins nombreuses qu'elles ne le sont aujourd'hui, elles étaient beaucoup plus considérables.

Le clergé les favorisait en y annexant presque toujours de pieux exercices, des ostensions solennelles de reliques, processions, prédications et indulgences pour ceux qui venaient prier devant la châsse ou l'autel du saint dont la foire portait le nom.

Les foires de Ronchamp, qui furent des plus célèbres de la Franche-Comté de Bourgogne, n'ont pas eu d'autre origine que la piété des fidèles envers la Vierge vénérée dans l'église du lieu. La multitude des pèlerins qui venaient visiter Notre-Dame-du-Haut, attira bientôt des marchands et des hôteliers; le concours ayant toujours lieu à la même époque, amena, par la force même des choses, l'établissement de la foire du 8 septembre, connue sous le nom de foire de Notre-Dame.

La position exceptionnelle du pèlerinage donna une importance extraordinaire à ces réunions commerciales. Ronchamp, pays de Bourgogne, était limitrophe des comtés de Montbéliard, de Ferrette, du Sundgaw et de l'Alsace, à quelques lieues seulement de la Lorraine, de la terre de Luxeuil et de l'évêché de Bâle, terres seigneuriales formant comme autant de petites nationalités ayant des lois, des usages et des besoins commerciaux différents. Sa foire d'automne était le débouché naturel et le marché où s'échangeaient les produits de toutes les principautés environnantes.

La Lorraine et le pays de Faucogney y envoyaient les excellents fromages qui se fabriquaient déjà dans les vallées de la Moselle et de l'Ognon supérieurs, au pied des ballons. Des plaines sablonneuses qui environnent Lure et Luxeuil arrivaient le millet, le lin et les salaisons les plus estimées, pour le pays de Porentruy et de Bâle, qui offraient en retour

(1) L'Ognon, la Morthe et la Luzienne en sont la preuve dans la Haute-Saône.

des bestiaux gras, des ustensiles de bois et des tissus de différentes sortes. Le miel, la cire, les *poulailles*, les ouvrages d'osier, arrivaient de Fougerolles et des rives du Breuchin. Les environs de Vesoul, Villersexel et Montbéliard envoyaient le blé, les fruits et les fortes races de chevaux comtois, que les gens de guerre recherchaient soigneusement à cause de la conformation particulière de leur croupe et de la faculté qu'ils avaient de se relever eux-mêmes quand ils s'étaient abattus sous leur cavalier. On voyait là, comme l'a dit un ménestrel du XIIIe siècle :

Roussin, palefroi et destrier
Les meilleurs que l'on put trover,
Jumens, poulains et palefrois
Tels comme pour comtes et pour roys.

Des argentiers venus de Bâle, Besançon, Colmar, Strasbourg et Langres, étalaient aux yeux des jeunes filles les hochets les plus séduisants et les pièces d'orfèvrerie les plus estimées par la vanité comme les plus recherchées par la dévotion; plusieurs marchands d'Asti et de Crémone apportaient de fins tissus, des produits du Levant et des épices, que la noblesse achetait au poids de l'or. Il n'y avait pas jusqu'aux Juifs, qui, malgré leur antipathie bien connue pour les processions et les cérémonies religieuses, ne fissent taire leurs répugnances pour ouvrir, à côté des mécréants, des magasins universels où l'on trouvait, avec des bouteilles de vin d'Espagne, des pièces de cuir de Brabant, des brodequins et des lits de plume, des armes damasquinées et des poêles à frire, des confitures d'Italie pour les dames et des costumes d'écurie pour les palefreniers.

Dans le principe, la foire se tenait autour de l'église, mais les difficultés de l'ascension, le défaut d'espace, amenèrent peu à peu les marchands et la foule à descendre et à se ranger au pied de la montagne, où la circulation était beaucoup plus facile et où les bestiaux pouvaient se désaltérer à l'aise dans l'onde claire du Rahin, qui arrose la plaine.

Les marchands d'objets de dévotion, de choses précieuses et rares, restèrent plus longtemps sur le plateau qui environne l'église, ou s'échelonnèrent le long des chemins, sur les flancs de la montagne. Les ménestrels, baladins, jongleurs, troubadours, artistes en plein vent et entrepreneurs de plaisirs publics, occupaient d'ordinaire les bords du plateau, et appelaient les amateurs par leurs cris répétés et le bruit de leurs instruments.

A la foire du 9 septembre 1162, tous les établissements dont les propriétaires se flattaient de conquérir la menue monnaie du public plus encore que ses suffrages, étaient dépassés et éclipsés complétement par une exhibition d'un genre nouveau et inconnu jusqu'alors dans notre province.

Le sire de Ronchamp, qui tirait de grands bénéfices des droits et péages établis sur la foire, ne négligeait rien pour la faire prospérer et y amener les étrangers. Pour l'honneur de Dieu et de Notre-Dame, il avait voulu faire représenter ce que l'on appelait un *mystère*, spectacle rare dans ce siècle et qui ne se rencontrait que dans les plus grandes villes ou les plus fameux monastères.

Messire Raoul, curé de Ronchamp, homme jeune encore et grand ami des arts, avait accueilli avec enthousiasme la proposition du noble sire; il aurait volontiers fait comme les évêques qui prêtaient leurs cathédrales pour ces sortes de représentations; mais comme son église était beaucoup trop petite pour contenir la foule qui ne manquerait pas d'accourir à ce spectacle nouveau, il avait voulu que le théâtre fût adossé au chœur de l'édifice, dont les murailles lui serviraient de fond et de point d'appui, et il s'était chargé de faire élever lui-même « les cloisons et maisonnements » nécessaires pour loger le maître du mystère et ses joyeux compagnons.

Ce maître n'était guère moins mystérieux que son mystère lui-même. On ne savait trop d'où il venait. Arrivé deux jours avant l'ouverture de la foire, couvert d'un habit de pèlerin et d'un vaste capuchon qui cachait presque entièrement son visage, il s'occupait de l'organisation de la scène, qui était protégée par une enceinte de planches contre les regards des curieux.

Quelques femmes dévotes ayant essayé de regarder à travers les fentes de la cloison, prétendaient avoir vu la queue d'une bête merveilleuse, qui ne pouvait être autre que le dragon tué par monsieur saint Georges délivrant la pucelle. C'était tout ce que le public avait pu savoir, mais cette annonce seule promettait d'effroyables émotions et ne pouvait manquer d'attirer la foule.

Une vague rumeur, dont on ignorait la source, mais qui courait avec persistance depuis deux jours dans le pays, convoquait les filles âgées à cette représentation, où elles devaient recevoir de hautes marques d'estime et de confiance de la part d'un saint personnage. Surexcitée par ces bruits habilement répandus, la foule assiégeait les abords de la mystérieuse enceinte. Une première représentation avait été gracieusement offerte par le sire de Ronchamp aux nobles et aux clercs du pays. Les curés de Champagney et d'Etobon, qui étaient de grands clercs, devaient juger du mérite littéraire des œuvres, et même en rendre compte à l'official de Besançon, si le succès répondait aux espérances qu'on avait conçues.

Les joyeux éclats de rire, les exclamations et même les cris de terreur dont le bruit arrivait jusqu'à la foule, lui apprenaient d'une manière éloquente les péripéties du drame, tour à tour joyeux, saisissant, terrifiant même et digne de fixer l'attention des plus habiles de la contrée. Les applaudissements réitérés de l'assistance ne permettaient plus de douter que la foire de Ronchamp ne fût en possession d'un chef-d'œuvre qui allait grandir sa réputation et doubler la renommée du pèlerinage.

Que voyait-on donc dans cette bienheureuse enceinte?

Un clerc armé d'une trompette vint enfin annoncer à la multitude qu'on allait offrir à sa légitime impatience le spectacle de la bataille de Charnage contre Carême, la grande Bataille des vins, fabliaux héroï-comiques qui furent des plus populaires au moyen âge, et le grand mystère de sainte Catherine, vierge et martyre, patronne des vierges sages et des barbiers, chirurgiens et apothicaires de toute la chrétienté.

Moyennant deux deniers estevenants par tête, le public était admis; les filles âgées de plus de vingt-quatre ans entraient gratis, pour l'amour de Dieu et de madame sainte Catherine. La scène était décorée avec tout le luxe qu'on pouvait attendre d'une troupe qui débutait et d'un art encore dans l'enfance. L'église Notre-Dame n'avait pas craint de prêter ses tentures et ses ornements pour cette solennité, où la religion se mêlait à la comédie, et la satire à la dévotion, selon les mœurs du temps.

La bataille de Charnage contre Carême était une allégorie plaisante, indiquant que si nos aïeux se soumettaient volontiers à la loi de l'abstinence, ils appréciaient tout aussi bien que nous pouvons le faire les avantages d'une alimentation succulente et les agréments de la chair fraîche. Charnage, comme son nom l'indique, personnifiant le dieu de la graisse et de la chair, jure de faire une guerre à mort au Carême et de l'exterminer de la face du monde. Les deux champions sont en présence. Carême, armé de pied en cap, s'avance le premier dans la lice, monté sur un âne maigre et décharné. Un magnifique potiron surmonté d'un plumet de grenouilles recouvre sa tête osseuse et lui sert de casque; un vaste fromage rond orne son bras gauche et lui sert de bouclier, il a pour épée un grand brochet suspendu à son côté gauche, sa droite brandit une longue tige d'épinards en guise de lance, sa poitrine est cachée tout entière sous une carpe fendue en deux qui lui sert de cuirasse; deux écuyers portent ses munitions, qui se composent de pois, de carottes, de fromage blanc, de beurre, d'œufs et de fruits secs.

Charnage, monté sur un robuste mulet, qui porte une guirlande d'alouettes rôties en guise de grelots, ayant pour casque une hure de sanglier, pour rondache un quartier de lard, pour cuirasse un pâté, pour lance une andouille de six pieds de long, pour épée une langue de bœuf entrelardée, s'avance lourdement, et dans un discours fort courtois, annonce à Carême qu'il veut l'écraser. Carême riposte en jurant d'envoyer toutes les graisses de Charnage alimenter les feux éternels. Après ces préliminaires, le combat s'engage vivement. La taille svelte de Carême et la maigreur de son baudet, qui caracole avec une certaine grâce, lui permettent d'éviter les rudes coups de Charnage, qui sue sang et eau sous la grêle de projectiles dont l'accable son adversaire; mais à la fin le maigre chevalier, atteint par une charge à fond, est renversé avec sa maigre monture. Charnage, tout ruisselant de sueur, de jaunes d'œufs et de fromage blanc, met le pied sur la gorge du vaincu, qui se soumet humblement, accepte les conditions qu'il plaît au vainqueur de dicter, et échappe à la mort à condition d'être le vassal de Charnage et de ne plus reparaître que pendant les jours de carême et deux jours par semaine, au choix du vainqueur, qui fixe le vendredi et le samedi, aux applaudissements de la foule, ratifiant le traité par de frénétiques acclamations.

A cet exercice violent, en succède un autre plus paisible et beaucoup plus littéraire. La Bataille des vins, tirée d'un roman fort en vogue, est une discussion approfondie sur le mérite respectif des vins du Comté. Arbois et Château-Chalon se présentent avec de magnifiques robes couleur jaune paille, ornées des armes impériales. Les vins d'Ornans, Gy, Dole, Vesoul, paraissent avec des robes de couleur rouge plus ou moins foncée, et un air de confiance indiquant assez ce qu'ils pensent de leur valeur respective. Les vins des environs de Jussey, Montjustin, Faverney, trahissent leur origine par les nombreuses taches violettes et bleuâtres qui déshonorent leur robe, et la forte odeur de troène et de sureau qu'ils laissent après eux. La dispute s'engage, chacun défend sa cause avec chaleur et fait ressortir les défauts de son adversaire le mieux qu'il peut. Un tribunal composé du prieur de Marast, du chapelain de Colombier et du vicaire de Marnay, doit prononcer définitivement, sur les conclusions d'un ex-chanoine de Calmoutier, dont la face rubiconde et vermeille dénote un dégustateur consommé. Un seul regard de cet illustre avocat déconcerte les vins d'Ornans et de Jussey, qui prennent la fuite, foudroie le vin de Montjustin, qui tombe en pamoison pour ne plus se relever. L'orateur parle avec estime des vins de Gy et de Dole, exalte les vins d'Arbois et de Château-Chalon, se demandant si quelquefois le vin de la Motte de Vesoul n'est pas préférable .... Après mûre délibération, les juges décernent la palme aux vins de Château-Chalon et d'Arbois, en faisant toutefois passer avant eux le vin de la Motte récolté dans les années précoces et dans des conditions favorables. Un tonnerre d'applaudissements accueille cette décision, car la vigne de la Motte est la vigne du maître, et, selon la naïve remarque d'un poëte qui vivait alors et faisait une épigramme sans s'en douter, il est extrêmement lucratif et avantageux d'applaudir et de servir les grands :

Usque adeò magnis ducibus servire lucrosum est (1)!

Ces deux exercices n'étaient que le prélude du morceau capital, du véritable mystère, le mystère de sainte Catherine, pour la représentation duquel on avait réservé toutes les richesses de la mise en scène. Dans un court prologue, un ange, revêtu d'une robe d'argent, résumait la vie de la sainte jusqu'à l'époque de son martyre. L'action se passait à Alexandrie d'Egypte. La jeune vierge, amenée devant le tribunal de l'empereur, refuse non-seulement de sacrifier aux faux dieux, mais fait de superbes discours contre les idoles. Une bande de philosophes, plus remarquables par la longueur de leur barbe que par la logique de leurs discours, viennent soutenir la religion menacée; une dispute toute hérissée de citations de saint Anselme, du Maître des sentences et de subtilités scolastiques, s'engage entre eux et la jeune vierge : ils finissent par s'avouer vaincus.

Irrité de cette défaite, l'antique serpent, représenté par un immense dragon de toile cirée, qui s'avance en vomissant la flamme, veut dévorer la sainte; d'un signe de croix elle le fait expirer à ses pieds; la foule admire le prodige, l'impératrice se convertit; l'empereur, outré de colère, imagine le fameux supplice de la roue armée de pointes aiguës et de lames de rasoirs, horrible machine dont le mouvement rapide donne le vertige aux assistants, qui demandent grâce pour la sainte. Tandis qu'une voix sépulcrale chante tristement la cantilène de sainte Catherine, tout le chœur répète à l'unisson et d'une voix lugubre le fameux refrain :

Mon Dieu ! hélas !
Sancta Catharina !

A ce moment la toile tombait, on n'entendait plus que le bruit sinistre de la roue et les sanglots de l'assistance arrivée au comble de l'angoisse et de l'émotion.....

Après cette scène muette et habilement ménagée, l'ange du prologue

(1) Gunterius monachus.

venait consoler l'assistance en lui annonçant que la vierge Catherine, dégagée des liens de la mortalité, allait prendre place parmi les bienheureux et recevoir une récompense telle que chacun envierait son sort.

Aussitôt après, la voix du Père éternel, vénérable vieillard à barbe blanche assis dans des nuages suspendus au plafond, appelait la jeune martyre à jouir de la gloire ; elle s'avançait belle et radieuse vers le trône qui lui était préparé. Sa blonde chevelure formait sur sa tête un édifice tellement merveilleux qu'un cri de surprise de l'assistance en saluait l'apparition. Le Père éternel ordonnait que désormais Catherine, en récompense de ses vertus, aurait pour chambrières toutes les filles sages de l'univers arrivées à l'âge de vingt-quatre ans ; qu'à partir de cet âge elles prendraient soin du superbe édifice de sa chevelure. En retour de ces soins, la sainte pourrait leur obtenir toutes les grâces qu'elles demanderaient pour elles-mêmes, et la faveur qu'elles désireraient obtenir pour une amie malheureuse qui n'aurait pas déserté sa bannière depuis plus de deux ans.

Là finissait le mystère. L'ange, en donnant congé à la foule édifiée et attendrie, expliquait les intentions du Père éternel en invitant toutes « les chambrières de madame sainte Catherine » à venir présenter leur requête tandis que la sainte tenait ses audiences et que la foule s'écoulait.

A la première représentation, il se trouva dix-neuf chambrières ou coiffeuses de sainte Catherine qui sollicitèrent l'honneur de présenter requête à leur patronne.

Les quatre premières furent un peu embarrassées et se bornèrent à demander la santé pour des sœurs et des cousines malades.

La cinquième ne demanda rien pour elle-même, mais supplia sainte Catherine de rendre à Margot Lapie, de Chalonvillars, le cœur de son époux, qu'elle avait perdu trois mois après son mariage.

Les suivantes représentèrent à leur patronne qu'une dizaine de leurs compagnes, qu'elles désignèrent nommément, étaient fort malheureuses en ménage, avec des maris brutaux, jaloux, colères, paresseux, ivrognes...; que, puisqu'on ne pouvait les sortir du saint état du mariage, on devrait bien convertir leurs époux.

La seizième demanda nettement le paradis dans un bref délai pour son beau-frère Pierrot Lebœuf, de Frotey-lez-Lure.

La dix-septième déclara qu'Etiennette, femme de Tiennot Malva, de Malbouhans, se contrefaisait par trop pour paraître heureuse et obtenir la vigne de la Motte. Elle priait sainte Catherine d'y mettre ordre.

La dix-huitième, voyant que les autres avaient toutes parlé pour le prochain, jugea plus sage de commencer par elle-même. Mettant toute honte de côté, elle demanda pour son compte « un mari honnête, bon, gentil et suffisamment pourvu de biens temporels et spirituels. »

La dix-neuvième ne demanda rien, et se contenta de faire remarquer à la sainte qu'étant très habile en sapience, elle devait bien connaître ce qui convenait à une pauvre fille, et qu'elle s'en remettait à sa bonté et discrétion.

L'ange à robe d'argent, assis au pied du trône, servait de secrétaire à la sainte. Il écrivait toutes les demandes sur ses tablettes, et quand la dernière requête fut inscrite, il déposa respectueusement les tablettes sur un plat d'argent pour les présenter à la sainte, qui les prit en souriant avec bonté. Le rideau tomba.

Une heure après, il n'était bruit sur toute la foire que des merveilles dont les plus privilégiés venaient d'être témoins. Le lendemain, dès l'aurore, la foule assiégeait les abords de la scène, et dans la journée le bruit courait que quelques-unes des demandes faites à sainte Catherine étaient exaucées, et que la chambrière qui ne demandait qu'un mari en avait déjà trouvé deux !

Pendant les quatre jours que dura la foire, on ne cessa pas de représenter le mystère. Les acteurs étaient accablés de fatigue, mais l'impatience populaire ne leur permettait pas de prendre du repos. Charnage et la Bataille des vins avaient dû disparaître pour laisser place à l'illustre vierge d'Alexandrie. La noble attitude de Catherine, la défaite du grand dragon de l'idolâtrie, la roue garnie de pointes et de rasoirs, obtinrent à chaque représentation un succès d'enthousiasme, et la scène où les coiffeuses de sainte Catherine venaient présenter leurs requêtes obtint un succès de dépit. C'est ainsi du moins que le chapelain de Champagney se proposait de le qualifier dans son rapport à l'officialité diocésaine, quand le maître du mystère vint le prier de n'en rien dire, attendu que cette scène ne faisait point partie essentielle de la pièce, et serait supprimée pour l'avenir, puisqu'il y reconnaissait de véritables inconvénients.

En réalité, la publicité de ces demandes, si elle était instructive, n'était pas sans danger. Sainte Catherine avait reçu les requêtes les plus singulières. L'ange à robe d'argent n'en avait pas noté moins de trois cent vingt sur ses tablettes, et l'analyse de leur contenu lui démontrait que ces demandes résumaient la chronique de tout le pays à six lieues à la ronde.

Deux incidents signalèrent le dernier jour et faillirent compromettre le succès de la représentation en trahissant l'incognito que les acteurs avaient voulu garder.

Dans un moment de distraction, sans doute, le Père éternel, à moitié caché dans les nuages du plafond, laissa tomber sa longue barbe blanche et le masque qui couvrait sa face vénérable ; un vigneron de Navenne crut reconnaître le personnage, et pour s'en assurer il eut recours à un moyen qui devait, selon lui, infailliblement produire de l'effet : « Eh! c'est vous, Grégoire Musquin, s'écria-t-il naïvement, descendez donc qu'on vous paie une pinte ! » Et le Père éternel disparut. A la dernière représentation, deux filles de Brotte, qui étaient venues exprès pour adresser leurs requêtes à sainte Catherine, firent une demande si singulière, que l'ange à robe d'argent, chargé d'en prendre note, ne put s'empêcher de sourire ; la plus âgée des demanderesses, l'ayant regardé fixément, se sauva tout effrayée, en criant : Ah ! mon Dieu, c'est le *boube* (garçon) de chez Gousse-d'Ail !

Qu'importait maintenant aux maîtres du mystère d'être reconnus et de voir leur plan deviné et leurs ruses éventées? Le succès avait dépassé leur attente, ils avaient obtenu les renseignements les plus précis sur tous les jeunes ménages de la contrée ; ils pouvaient soutenir les droits de leur maître sur la vigne de la Motte, au grand concours qui devait bientôt s'ouvrir ; ils se trouvaient, en outre, à la tête d'une industrie qui leur permettrait de réaliser de fort beaux bénéfices.

Le barbier de Vesoul avait depuis longtemps l'idée de représenter le mystère de sainte Catherine, qui avait été composé en latin par un moine anglais et représenté pour la première fois par des écoliers en l'an 1110. Le chapelain de Pusey, homme fort habile en clergerie, avait traduit ce morceau pour Grégoire, qui, en retour, lui avait fait présent d'une belle perruque neuve. La dernière scène n'avait été modifiée qu'en vue des renseignements à obtenir sur les concurrents à la vigne seigneuriale. Musquin, qui se réservait les grands rôles, représentait tour à tour l'empereur Dioclétien et le Père éternel. Ses deux filles, dont l'une avait à peine dix-sept ans, s'entendaient à merveille à représenter l'impératrice et la jeune martyre. Les magnifiques cheveux blonds de la cadette permettaient à l'artiste d'élever sur sa tête un édifice qui était le chef-d'œuvre de l'art capillaire Bibi Gousse-d'Ail avait choisi le rôle de démon, qui admettait toutes les difformités, et celui d'ange, qui lui permettait de dissimuler la proéminence de son dos derrière l'énorme paire d'ailés qui s'y adaptaient. C'était lui qui faisait manœuvrer le dragon, tourner la roue meurtrière et écrivait ensuite les requêtes adressées à la sainte. Un clerc de l'église paroissiale de Pont, qui remplissait les fonctions de maître d'école et de chantre, n'avait pas cru déroger à sa dignité en acceptant le triple rôle de Charnage, qui convenait à son embonpoint, de représentant du vin de Gy, qui s'alliait fort bien avec son nez violet et sa figure empourprée, et enfin celui de chef des philosophes d'Alexandrie, qui flattait sa vanité et lui donnait occasion de mettre en évidence ses talents oratoires et sa voix retentissante. Quelques clercs et étudiants en vacances n'avaient pas mieux demandé de figurer dans la représentation et de courir l'aventure, en sorte que le maître barbier de Vesoul s'était trouvé presque sans frais à la tête d'une troupe dont le coup d'essai était un coup de maître. Le sire de Ronchamp, enchanté de mettre sa foire principale en relief par un divertissement aussi rare qu'il était recherché et envié, avait voulu faire les avances et fournir les matériaux nécessaires; quand il vit le succès obtenu et l'éclatante renommée acquise à la foire de Notre-Dame, il y renonça généreusement, en sorte que Grégoire et sa troupe se trouvèrent à la tête d'un attirail fort respectable et osèrent même penser qu'un jour ils pourraient peut-être représenter leur mystère dans la ville impériale de Besançon, et enlever les suffrages de l'archevêque et des nobles chapitres de Saint-Jean et de Saint-Etienne.

En attendant, Bibi, qui avait atteint son but et recueilli de précieuses confidences, se hâta de rentrer au château de Vesoul, où une grande nouvelle venait d'arriver et d'importants événements se préparaient.

XI.

Le règne de l'empereur Frédéric Barberousse a jeté sur la Franche-Comté de Bourgogne un éclat dont le souvenir, en traversant les siècles, a laissé des traces aussi honorables qu'elles furent profondes. N'était-ce pas, en effet, un grand honneur pour cette province, jusque-là perdue aux extrémités de l'empire, souvent rebelle, rarement soumise, toujours inquiète et agitée, de se voir tout à la fois apanage de l'impératrice et séjour favori de l'empereur et de la cour?

La ville de Besançon, qui jusque-là faisait assez triste figure à côté des grandes cités allemandes ou italiennes, était devenue vraiment résidence et cité impériale; le magnifique château de Dole avait remplacé le lourd manoir de Rainaud III. Les cours plénières, les fêtes, les tournois, les jeux littéraires, se succédaient. Les chants des ménestrels et des troubadours, célébrant la prospérité de l'invincible empereur et les qualités éminentes de sa jeune épouse, retentissaient partout. Les titres et les faveurs de toute espèce, dont les seigneurs, les chapitres et les monastères, étaient comblés par le *prince aux cheveux dorés*, comme l'appelle Gollut, donnent à cette époque de notre histoire un intérêt et un caractère si particuliers, que nos annalistes l'ont célébrée à l'envi l'un de l'autre.

Certes, les Comtois étaient flattés de voir leur ville archiépiscopale devenir le rendez-vous des rois, des princes et des grands feudataires que le fier césar citait à son tribunal. Ils étaient heureux de voir la fille unique de leur franc comte, cette princesse Béatrix que les chroniques du temps représentent comme « tant douce et tant bonne, » partager le trône et la puissance de celui qui commandait des rives de la Vistule aux bords de l'Adige et de la Saône, et c'était sans doute l'éclat de cette alliance qui leur faisait fermer les yeux sur son illégitimité. Barberousse avait répudié l'impératrice Adélaïde, sa première femme, sous prétexte qu'elle lui était parente ; mais, au fond, il se souciait peu de la vérité du motif et de la moralité des actes qu'il accomplissait, quand la raison d'Etat ou les exigences de sa politique semblaient les commander. Rattacher les débris de l'ancien royaume de Bourgogne à l'empire germanique, ajouter une couronne nouvelle aux couronnes qu'il portait déjà, tel avait été le mobile de son union avec notre comtesse. Absorber tous les pouvoirs et arriver à la monarchie universelle, tel fut le rêve de sa vie. Le titre de césar lui faisait oublier celui de chrétien. Ses prétentions au titre de *pontifex maximus*, qu'il essayait de faire revivre en évoquant des souvenirs tout païens, n'eussent été que ridicules, si sa théorie poussée à l'excès n'eût troublé l'Eglise universelle et ensanglanté l'Europe pendant de longues années.

En attendant qu'il pût devenir pape lui-même, Barberousse s'efforçait d'avoir un pape à sa dévotion : il avait affublé de la tiare le cardinal Octavien, une de ses créatures dévouées, et traînait à la suite de ses armées cet instrument docile de ses volontés, pour lancer l'excommunication contre les villes lombardes, ou légitimer le divorce des princes qui étaient las de leurs femmes, et les prétentions de ceux qui voulaient asservir l'Eglise.

Malgré son dévouement à l'empereur, la Franche-Comté ne donna jamais dans le schisme où il voulait l'entraîner, et, presque seule entre les provinces de l'empire, elle reconnut toujours Alexandre III pour le pontife véritable. Quand notre vieil archevêque Humbert de la Roche-sur-l'Ognon envoya un député au soi-disant concile de Pavie, où l'on devait décider de la validité des élections pontificales, il était encore mal instruit de l'état des choses. Dès qu'il connut la vérité, il ne craignit point de se déclarer hautement, et ne voulut pas rester sur un siége qu'il ne pourrait conserver qu'en trahissant sa conscience. Après vingt-huit années de la plus brillante administration, il se démit de sa dignité et voulut mourir dans la retraite et la pénitence, en simple religieux de l'abbaye de Saint-Paul. Son successeur, Gauthier de Bourgogne, ne put rester davantage et n'eut guère que le titre d'archevêque élu ; au bout d'un an, il quitta le diocèse et l'empire pour monter sur le siége de Langres et demeurer fidèle au pape légitime. Pour avoir raison des Comtois, Frédéric imagina de mettre sur le siége archiépiscopal un de ses Allemands, prévôt d'Aix-la-Chapelle, qui, malgré ses bonnes qualités, fut à peine supporté par le clergé et le peuple.

Il faut, toutefois, rendre justice à l'empereur ; s'il témoigna son mécontentement, il ne persécuta point, comme plusieurs de nos historiens le lui ont reproché. Quelques seigneurs, connaissant ses dispositions, en profitèrent pour maltraiter les abbayes naissantes de l'ordre de Cîteaux et s'emparer de leurs terres ; les religieux d'Acey et de Bellevaux furent même obligés de s'exiler en France, mais il serait injuste de rendre l'empereur responsable de ces querelles et vengeances particulières.

Vers la fin du mois d'août 1162, un événement qui, dans l'esprit de Frédéric, devait avoir des suites considérables, et qui n'en eut guère que de fâcheuses pour la cause qu'il soutenait, mit en suspens tous les esprits. Il ne s'agissait ni plus ni moins que de mettre fin au schisme en obligeant les nations étrangères à reconnaître les droits de l'anti-pape Victor. L'empereur avait convoqué, pour le 25 août, un concile ou plutôt une assemblée générale à Besançon. Les rois et les princes tributaires de l'empire devaient s'y trouver, avec tous les évêques et les abbés principaux d'Allemagne, d'Italie, de Bourgogne, de Danemarck et de Bohême. Des négociations empreintes de plus d'habileté que de bonne foi étaient parvenues à extorquer au roi de France la promesse d'amener le pape Alexandre III à une entrevue qui aurait lieu sur le pont de Saint-Jean-de-Losne, limite des deux Etats.

Louis VII était un prince fort médiocre, et si l'histoire lui a conservé le nom de Louis le Jeune, il le mérita bien, car il paraît avoir été toujours jeune. Cependant, prévenu à temps des vues de Frédéric, il aperçut le piége qu'on lui tendait, sut l'éviter d'une manière assez adroite, et déjoua les desseins de l'empereur, qui devait amener un anti-pape, se flattant de le faire reconnaître par le roi de France et peut-être de l'y contraindre, car il avait avec lui une puissante armée.

Le sire de Faucogney avait été invité, comme tous les chevaliers comtois, à rejoindre le camp impérial devant Besançon, pour se trouver à l'entrevue qui devait avoir lieu le jour de la Décollation de saint Jean-Baptiste, 29e d'août. N'ayant pu se rendre à l'invitation par suite d'une chute de cheval qui l'obligeait à garder le lit depuis plusieurs semaines, il avait envoyé ses vassaux au camp, sous la conduite de Guillaume de Calmoutier. Partis de Vesoul le 23, les trente-cinq vassaux de Faucogney avaient dressé leur tente devant Besançon le 24 au soir.

Il était impossible d'entrer dans la ville. A peine pouvait-elle contenir la multitude des princes, des barons et des évêques qui affluaient dans ses murs. On voyait, dans cette foule aux étranges et riches costumes, les hommes du nord et ceux du midi, les soldats des villes anséatiques et les cavaliers frisons à côté des archers lombards, les évêques de Bohême et de Hongrie à côté du primat de Lyon, et les électeurs de Cologne et de Trèves en face des consuls de Vérone et de Marseille.

Le personnage qui attirait le plus l'attention dans cette foule resplendissante d'acier, de dorures et d'hermine, était Waldemar, roi de Danemarck, venu des rives scandinaves pour obéir à l'empereur, son suzerain. Les sentiments équitables qu'il montra, en refusant de nourrir les chevaux de son escorte aux frais des Comtois, contrastaient singulièrement avec les habitudes de rapine des anciens Normands, ses prédécesseurs.

Waldemar était tout occupé à réparer les suites d'une vraie bataille qui s'était engagée mal à propos entre les Bisontins et les Danois. Ceux-ci, se voyant traîtreusement assaillis par le peuple aux environs de la Porte-Noire, avaient pris les armes, traité rudement la multitude et mis le feu à la ville supérieure pour en avoir plus facilement raison ; quand la méprise fut reconnue, il était trop tard pour porter remède au mal, et tout le quartier fut brûlé (1).

La troupe de Faucogney, en débouchant des hauteurs de Chailluz, avait aperçu la fumée, et Philippe d'Anglure, étant allé à la découverte, revint bientôt apprendre au chef de la troupe les causes de l'incendie, et sa verve railleuse ne put s'empêcher de remarquer que le futur concile s'ouvrait d'une manière tout à fait ignorée de l'antiquité ecclésiastique et imprévue par les saints canons.

A dire vrai, l'empereur faisait peu de cas du droit canonique, du concile, du roi de France, et de leurs décisions. Son parti était tellement pris de faire triompher son pape à la conférence de Saint-Jean-de-Losne,

(1) Ces détails sont tirés de Saxon le Grammairien, témoin oculaire.

que les lettres de convocation le disaient ouvertement. Ces lettres ordonnaient aux évêques d'amener avec eux, non pas des théologiens, des orateurs et des livres pieux, mais « des soldats bien armés, avec leurs boucliers et leur tente, à cause de la rareté des maisons ; » elles déclaraient en outre « qu'avec la grâce de Dieu l'empereur voulait rendre la paix à l'Eglise en confirmant définitivement le pontificat du pape Victor. »

Le 25 août, de grand matin, la brillante multitude rassemblée autour de la ville s'ébranla pour marcher dans la direction de Dole et des plaines de la Saône.

Les électeurs de Trèves, de Cologne, les ducs de Saxe, d'Autriche et de Rottenbourg, ouvraient la marche avec leurs troupes. L'empereur venait ensuite, accompagné de ses courtisans les plus assidus, le farouche Othon de Witelsbach, comte palatin, Gero d'Halberstadt, Conrad de Minden, et Rudolphe de Strasbourg, évêque plus habile à manier une hache d'arme qu'un livre de prières. Gauthier de Bourgogne, archevêque élu de Besançon, se trouvait à l'arrière-garde avec le roi de Danemarck, le comte de Trèves et les vassaux de l'archevêché. Ce fut dans cette troupe que les gens de Faucogney prirent place, parce que leur maître était vassal de l'archevêque pour le château de Vesoul et la terre de Scye.

L'armée marchait lentement. Il suffisait de trois petites journées de marche pour atteindre le lieu du rendez-vous. L'empereur et les princes devaient coucher à Dole, où un splendide festin les attendait au château, et le lendemain un grand tournoi devait y avoir lieu.

Les gens de l'arrière-garde couchèrent à Saint-Vit, terre du chapitre métropolitain, dont un des frères de Gislebert était alors seigneur en sa qualité de chanoine prébendier du lieu. Le seigneur chanoine se fit un devoir de traiter honorablement les chevaliers de son pays et les vassaux de son illustre maison. Il leur offrit même le vin traditionnel de la Motte, qu'il conservait avec grand soin pour les occasions solennelles, et l'on but au prompt rétablissement du sire de Faucogney et à la conservation de son excellente vigne.

Le lendemain, quand Guillaume de Calmoutier et sa troupe arrivèrent en vue de Dole, ils reçurent l'ordre d'aller camper sur les hauteurs de Mont-Roland pour y attendre l'issue de la conférence de Losne. Cet ordre imprévu contraria vivement Philippe d'Anglure, qui brûlait du désir d'assister à l'entrevue, ou du moins de voir de belles armées rangées en bataille. Il intrigua tant et si bien qu'il obtint la permission de suivre le duc de Lorraine, dont son père était vassal, et, le 28 au matin, il partait avec le cortége impérial en qualité d'écuyer de Mathieu de Lorraine.

Trois jours après, il était de retour à sa tente, et ne cherchait point à dissimuler la déception à laquelle avaient abouti les projets de l'empereur.

« Eh bien, lui demandèrent Guillaume de Calmoutier et Gilbert de Traves en le voyant arriver, avons-nous la guerre?

— Non, Messeigneurs, nous avons la honte, et rien de plus !

— Comment cela?

— Rien n'est plus simple, je viens d'assister à une comédie dont l'empereur et l'empire sont les dupes, et dont on se souviendra longtemps ; mais parlons bas, car il est inutile que nos hommes connaissent tous ces détails.

Les trois chevaliers s'éloignèrent des tentes pour se rapprocher de la chapelle de Mont-Roland, d'où l'on domine au loin le cours de la Saône.

« Vous voyez cette vaste plaine, continua d'Anglure en étendant la main dans la direction du sud-ouest, nous venons d'y subir une défaite morale qui retentira jusqu'aux extrémités du monde ! Rien n'était beau comme notre campement dans ces immenses prairies qui bordent la Saône. Autour de la tente impériale s'élevaient plus de deux mille tentes alignées comme les rues d'une ville. En face s'élevait le bourg de Saint-Jean-de-Losne, que je croyais une place importante, tandis que ce n'est qu'une misérable bicoque. Sa solitude contrastait singulièrement avec l'animation de notre camp, et prouvait que du côté de la France on se mettait peu en peine de nous.

» Le duc de Lorraine devait avoir dans la matinée une entrevue avec le comte de Champagne, qui favorise secrètement les desseins de l'empereur ; il a bien voulu me choisir pour l'accompagner de l'autre côté du pont.

» Au lieu d'un camp royal, nous avons trouvé deux ou trois personnages en équipage de chasse, qui se promenaient sous les chênes, attendant l'heure fixée pour l'entrevue des souverains. C'étaient, nous dit-on, de grands seigneurs du royaume, et j'entendis nommer le duc de Bourgogne, le connétable de France, le comte de Nevers et plusieurs autres. Quand le duc Mathieu eut entretenu le comte de Champagne pendant quelques instants, on causa très courtoisement de part et d'autre, mais je ne tardai pas à voir que nous étions les dupes. Le duc de Bourgogne, qui connaît particulièrement le duc Mathieu, survint et fit une sortie fort vive contre l'empereur : Eh ! c'est vous, mon cousin de Lorraine, dit-il, vous savez comme je vous aime, mais j'ai grande pitié de vous voir venir jusqu'ici pour nous présenter votre pape de contrebande et nous soutenir que le chef de l'Eglise universelle doit être le premier chapelain ou plutôt le premier valet de l'empereur. Comment les Teutons, qui sont nobles gens s'il en fut, ne voient-ils pas que leurs prétentions font hausser les épaules à toutes les nations chrétiennes ? Est-ce que vous croyez que nous Français, que nos voisins d'Angleterre et d'Espagne, qui n'ont rien à craindre de la puissance impériale, nous allons nous prosterner devant votre idole de pape qui est élu par trois voix, y compris la sienne ?

— Et le duc de Lorraine n'a pas relevé ces impertinences? interrompit Gilbert de Traves.

— Il allait le faire avec toute l'ardeur que vous lui connaissez, mais les quelques seigneurs qui étaient présents se sont mis à rire si franchement de cette brusque sortie, que le duc n'a pas su s'il devait se fâcher ou prendre la chose en douceur. D'ailleurs, le duc de Bourgogne est le premier baron de France ; il est très lié avec notre duc, il était donc naturel que celui-ci hésitât sur le parti à prendre.

» Un des assistants, voyant son embarras, le dispensa de répondre, en faisant la réflexion suivante :

» Nous connaissons votre position, et nous comprenons que les liens qui vous attachent au trône impérial vous obligent à suivre l'empereur dans cette campagne que nous trouvons singulière, et dont ces malins Français se permettent de rire. Moi, qui suis vassal du roi d'Angleterre, dont les sentiments hostiles à la France ne sont pas douteux, je suis parfaitement de leur avis sur ce point, et ne vois dans votre démarche qu'une marque de condescendance pour l'empereur, mais nullement un moyen de mettre un terme à un schisme qui n'existe que par sa volonté et dans ses Etats, et dont on s'amuserait dans le reste du monde, si on n'était pas obligé d'en déplorer les suites.

» Celui qui parlait ainsi était le comte de Glocester, retenu en otage à la cour de France. Il y avait tant de simplicité, de loyauté et de franchise dans ses paroles, que le duc de Lorraine en parut ébranlé, et se contenta de dire :

— Il est vraiment facile de parler ainsi, mais ce sont là des mots ; quelle preuve donneriez-vous à l'appui de ce que vous avancez ?

— Quelle preuve? répondit l'impétueux duc de Bourgogne. Elle n'est certes pas difficile à trouver : la voilà qui vient à nous ; et il désigna du geste un groupe distant d'une centaine de pas, dans lequel on distinguait un homme de belle taille, vêtu d'un costume ecclésiastique fort simple. Au premier coup d'œil, je reconnus l'archevêque de Tarentaise.

— L'archevêque de Tarentaise! exclama Guillaume de Calmoutier. Vous l'avez vu? Il était là? Vous en êtes sûr?

— Si j'en suis sûr? Ne l'ai-je pas vu à Bithaine, à Calmoutier, à Vesoul, il y a moins d'un an? Vous ne serez pas surpris de le voir là quand vous saurez qu'il venait de Cluny annoncer au roi de France que le pape Alexandre ne se présenterait point à l'entrevue demandée par l'empereur sur le pont de Losne.

» Quand j'ai revu ce saint personnage, mon cœur a tressailli de joie, j'ai couru au devant de lui, et il m'a reconnu de suite et donné son anneau à baiser, en me demandant des nouvelles de Gislebert notre sire, et du château de Vesoul, dont il a gardé bonne souvenance. Il m'a même demandé si la vigne de la Motte avait déjà changé de maître.

— L'excellent homme! murmura Guillaume de Calmoutier, attendri.

— L'archevêque de Tarentaise était donc la preuve vivante que les seigneurs donnaient au duc de Lorraine de la vérité de leurs assertions. Quand ils lui eurent dit son nom, le duc demeura tout pensif, et le suivit longtemps du regard.

« Eh bien! mon cher cousin, continua l'impitoyable Eudes de Bourgogne, avez-vous, à la suite de votre pape Victor, des hommes de la valeur de celui-là? Est-ce votre chancelier Reinald, archevêque de Cologne, un renard doublé de tigre? Est-ce le gros Gero d'Halberstadt, qui porte un assommoir en guise de crosse, le beau Conrad de Minden, si célèbre à la cour par le soin qu'il prend de boucler ses magnifiques cheveux blonds, et même votre nouveau voisin Rudolphe de Strasbourg, qui va être obligé d'écorcher son diocèse pour payer son élection?

» Avouez que depuis que l'empereur a trouvé moyen de se passer des chapitres, des cardinaux et du pape pour instituer les évêques, il a fait une collection de rudes prélats et mis en évidence les meilleures lames de l'empire... »

» En ce moment, le comte de Champagne signala l'arrivée du roi. Il fallut interrompre la conversation, et ce fut un bonheur, car elle aurait pu mal tourner. Tandis que le duc de Lorraine échangeait quelques mots avec le comte de Champagne, j'ai pu voir quel attachement les seigneurs de France et d'Angleterre ont pour le saint-père, par le respect avec lequel ils traitent deux de ses amis, l'archevêque de Tarentaise et Galdin, archidiacre de Milan, qu'ils regardent aussi comme un saint. Ces démonstrations étaient trop naïves et trop spontanées pour n'être point vraies.

» Le roi de France est arrivé presque aussitôt. Il était en habit de chasse, casaque verte, chapeau à plumes, et portait une courte épée ; il avait l'air ennuyé et soucieux, et regardait souvent le soleil comme pour bien s'assurer de l'heure. Il était à la chasse depuis le matin, et venait à l'entrevue comme par hasard, pour ne point froisser et scandaliser le peuple.

— Voilà qui annonce une belle conférence, remarqua le sire de Traves.

— A peine avons-nous pu voir le roi arriver avec ce sans-façon au lieu et à l'heure fixés, que nous avons tout compris, et couru à toute bride au camp, afin de hâter l'arrivée de l'empereur. La tente impériale était loin du pont. Quand le duc de Lorraine y entra, l'empereur était sorti à la rencontre du pape Victor, qui devait paraître à l'entrevue, et n'arrivait pas. Il fallut plus d'une heure pour former le cortége et se mettre en marche. On était à peine sorti du camp qu'un exprès vint annoncer que le roi, après avoir attendu plus d'une heure près du pont avec l'archevêque de Reims, son frère, et les premiers barons du royaume, était parti pour continuer sa chasse dans la direction de Dijon. La nouvelle parut si extraordinaire qu'on n'y voulut pas croire ; on hâta seulement la marche. J'ai su peu après que le roi avait cru voir dans le manque d'exactitude de l'empereur l'intention bien arrêtée de lui faire sentir que la puissance impériale est supérieure à la puissance royale. Louis s'en est offusqué, et, comme tous les hommes faibles qui ont une fois adopté une idée, il n'a pas voulu céder sur ce point, ni avoir l'air d'être le vassal de l'empereur ; malgré toutes les représentations, il s'est impatienté, il est parti.

» En arrivant au milieu du pont, l'empereur y a trouvé les comtes de Champagne et de Nevers, chargés de le complimenter au nom du roi et de lui exprimer ses regrets de ne l'avoir pas rencontré.

—Vous ne sauriez croire quelle piteuse figure faisaient ces deux ambassadeurs en remplissant leur délicate mission. L'empereur était furieux ; il a répondu d'une manière bien sèche à leurs compliments, et s'est plaint d'être joué par les Français. La chose est d'autant plus grave, que le roi Louis devait rester prisonnier s'il n'exécutait pas ses promesses. Il prétend bien les avoir exécutées, puisqu'il est arrivé au lieu du rendez-vous, et n'y a trouvé personne. La situation devient embarrassante ; il est certain que le roi de France est enchanté d'avoir par ce moyen échappé au danger, et qu'on ne le rattrapera pas de sitôt.

— Alors, c'est la guerre qui est déclarée? observa Gilbert de Traves.

— Pas encore, continua Philippe. Les chanceliers des deux princes en sont à échanger des messages qui n'aboutissent à rien. L'empereur reste soi-disant pour attendre que le roi exécute ses promesses, amène le pape Alexandre, qui ne veut pas venir, et qui certes a bien ses raisons pour rester en lieu sûr. Ce matin, quand j'ai quitté le camp, les plus ardents parlaient de la guerre comme d'une chose décidée; mais il est plus facile de la déclarer que de la soutenir et mener à bonne fin. Rien n'est prêt pour cela, les vivres manquent, d'ici à quelques jours l'appétit bien connu des hommes du Nord épuisera les provisions de bouche dont l'armée dispose. Les pluies commencent à tomber; si elles continuent, la Saône débordera, les chevaux vont s'embourber dans ces plaines marécageuses, il deviendra impossible de franchir la rivière, qui est large et profonde; d'ailleurs, ce n'est pas au mois de septembre qu'on peut entrer en campagne et envahir un pays ennemi, sans y être bien préparé.

— Tout cela est assez juste, observa le sire de Calmoutier, mais en attendant qu'allons-nous faire ici ?

— Nous ferons comme les autres, nous attendrons des ordres qui ne sauraient tarder bien longtemps. C'est du moins ce que m'a dit, au moment de mon départ, le nouvel archevêque notre seigneur, qui m'a donné pour les religieux d'Acey une lettre dont le contenu ne peut manquer d'être fort utile pour notre troupe, puisqu'elle prie les moines de nous fournir les provisions dont nous aurons besoin pendant notre séjour à Mont-Roland. »

Les prévisions du jeune chevalier ne tardèrent pas à se réaliser. Après cinq jours d'attente, on connut le résultat final de l'entrevue manquée. L'empereur, voulant maintenir jusqu'au bout le rôle de césar et de *pontifex maximus*, avait envoyé ce singulier message au roi de France :

« Frédéric, empereur des Romains et avocat spécial de l'Eglise romaine, vous mande qu'aux prélats seuls de l'empire romain appartient le droit de porter un jugement sur l'élection du pontife. Il paraît donc convenable que vous et votre clergé vous vous en teniez à leur sentence. » L'archevêque de Reims fit lecture de cette pièce à son frère, le roi Louis, qui se mit à rire, et par manière d'objection à cette théologie nouvelle, donna ordre à son armée de se rassembler en toute hâte.

D'un autre côté, le pape Alexandre ayant invité pressamment le roi d'Angleterre à venir au secours du roi de France menacé, Henri avait rassemblé ses troupes, et le bruit courait qu'il s'était mis en marche dès le 28 août, à la tête d'une armée formidable.

Dans l'intervalle, la Saône avait débordé, la famine commençait à se faire sentir dans le camp impérial, et l'appétit des hommes du Nord n'entendait pas raillerie. La position de l'empereur, après avoir été fausse, devenait critique. Ses récriminations contre le roi de France n'avaient pu le dispenser de lever le camp et de donner congé à tous les princes, évêques et barons réunis.

L'immense multitude s'ébranlait de nouveau, pressée de chercher des pays plus hospitaliers que ceux où elle avait passé huit jours, exposée aux injures de la saison et aux railleries des Français. Aigri et humilié par l'échec qu'il venait de subir, Frédéric ne songea plus qu'à s'éloigner de la frontière française et à regagner l'Allemagne. Le 6 septembre au soir il arrivait au château de Dole.

Le lendemain, avant midi, Constantin de Montagney, gentilhomme de la maison de l'impératrice, arrivait à Mont-Roland porteur d'un message à l'adresse du vicomte de Vesoul. La gracieuse impératrice annonçait au sire de Faucogney que l'empereur Frédéric, retournant en Allemagne, visiterait les châteaux de Gray et de Vesoul, qui étaient fiefs des comtes de Bourgogne, et que le mercredi après la fête de saint Mathieu, le cortége impérial arriverait dans la journée aux portes du château de la Motte.

Le porteur du message connaissait personnellement Guillaume de Calmoutier ; il avait combattu avec lui sous le comte Rainaud dans la guerre de l'indépendance. La fille du franc comte devenue impératrice avait voulu que Constantin demeurât attaché à sa maison; elle l'honorait de sa confiance. Sa position exceptionnelle lui permit de donner à son ancien compagnon d'armes des détails précis sur le séjour de Béatrix et de Frédéric à Vesoul. Il lui annonça que l'empereur tiendrait ses assises au château de la Motte le lendemain de son arrivée, et que deux causes importantes y seraient jugées ce jour-là ; qu'on se reposerait un jour après, pour se diriger ensuite, par Lure et l'Alsace, sur la Souabe, où la cour devait passer l'hiver.

Guillaume remercia cordialement Constantin de ces précieuses indications, et se hâta de dépêcher à Vesoul un courrier pour porter la grande nouvelle.

Quand il en fit part à Philippe d'Anglure, qui venait de faire ses adieux au duc de Lorraine, le jeune chevalier, frappé de la coïncidence des dates, fit remarquer à Guillaume que c'était le 23 ou le 24 septembre que la vigne de la Motte devait être adjugée.

« Tant mieux ! répondit le sire de Calmoutier. Nous prendrons des mesures pour que notre redouté maître s'occupe de cette cause, qui ne sera pas la moins curieuse et la plus facile à juger. Je ne m'attendais guère à ce que l'entrevue de Saint-Jean-de-Losne aboutirait à une visite impériale qui déciderait du sort de la fameuse vigne ! »

Deux heures plus tard, les vassaux de Gislebert se mettaient en devoir de regagner leurs foyers, et après quatre heures de marche, leur troupe arrivait au monastère d'Acey, où elle voulait célébrer la fête de la Nativité de Notre-Dame.

XII.

Le sire de Faucogney assistait aux vêpres dans la chapelle du château de Vesoul, lorsque le son du cor de la vigie signala l'arrivée d'un message impérial. Malgré le respect qu'il avait pour son souverain, le noble chevalier ne voulut ni quitter l'office ni prendre connaissance immédiate de ce message, par ce motif de haute raison et de vraie politesse, que le service du Maître du ciel doit passer avant celui du maître de la terre.

Aussitôt que la cérémonie fut terminée, le chapelain du château fit lecture de l'ordre impérial à son noble maître, et le guerrier ne put s'empêcher d'être ému en songeant à la haute faveur dont il allait être l'objet, et dont l'éclat rejaillirait sur toute sa maison, illustrerait toute sa race. Puis il convoqua ses gens et leur annonça qu'il ne voulait rien négliger pour préparer une splendide réception aux augustes visiteurs, qui n'avaient pu le prévenir plus tôt. La soirée tout entière fut employée à faire des projets et à expédier au loin des courriers chargés de porter des ordres ou de faire des demandes de diverse nature.

Le maître d'hôtel du château partit pour Besançon, porteur d'une invitation spéciale pour le chanoine Henri de Faucogney, frère de Gislebert, qui fournirait sa vaisselle et ses tentures. Il devait ramener, en outre, des boulangers, rôtisseurs, cuisiniers et marmitons, sans compter une foule d'objets qui ne se trouvent que dans les villes et sont nécessaires pour une splendide réception. Ordre fut expédié aux maires des quatre-vingts villages de la seigneurie, de lever par anticipation les cens de poules, miel, cire et fromage, dus seulement à l'époque de Saint-Martin d'hiver et du carême; aux forestiers et garde-chasse d'abattre tout le gibier, « quadrupède ou bipède, » qui pourrait tomber sous leurs coups, et de l'apporter au château le jour de Saint-Maurice avant le coucher du soleil; aux pêcheurs d'étangs de prendre tout le poisson « blanc et noir » qu'ils pourraient et de le tenir dans leurs réservoirs; aux meuniers, enfin, de ne moudre pendant ces quinze jours que pour le service du sire de Faucogney et de la cour impériale.

Il y avait entre les réceptions solennelles du moyen âge et celles que l'on fait de nos jours, toute la différence qu'il y a entre les mœurs du

XIXe siècle et celles du XIIIe. Aujourd'hui, ce sont les villes qui font les frais de réception des souverains et des grands personnages ; on peut dire que tout est pour l'extérieur. Revues, défilés, carrousels, bals, illuminations, feux d'artifice, tel est le programme invariable des fêtes modernes. Quelques privilégiés à peine sont admis au banquet, les ressources budgétaires ne permettant point d'y convier la foule. Si, par une heureuse réminiscence de l'Evangile, la municipalité invite les pauvres à ramasser les miettes du festin, elle ne peut rien faire de plus, et chacun des spectateurs doit prélever sur ses fonds la somme en échange de laquelle un restaurateur de circonstance lui fournira de quoi apaiser sa faim et étancher sa soif.

Au moyen âge, les choses ne se passaient point ainsi. Nos grands seigneurs avaient peu d'argent, mais ils possédaient d'immenses fortunes territoriales. Les châteaux, aussi bien que les monastères, regorgeaient de toutes les choses nécessaires ou utiles à la vie. Le bas prix des denrées, la difficulté de les transporter au loin, produisaient une abondance extraordinaire, dont on faisait profiter la foule dans les occasions solennelles. En parcourant les archives de notre province, on retrouve à chaque instant le détail de fêtes auprès desquelles les fameuses noces de Gamache ne sembleraient être qu'une légère collation. Quand on voit l'abbaye de Cherlieu nourrir à elle seule 20,000 personnes aux funérailles d'Othon IV, le sire de Vergy mettre onze bœufs gras dans un potage et faire servir 180 moutons, 60 veaux et 1,500 volailles dans un seul repas d'enterrement, on se demande où sont aujourd'hui les fortunes qui pourraient suffire à de semblables menus, et permettre des prodigalités communes à l'époque de notre récit.

Gislebert de Faucogney savait assez que noblesse oblige ; il se disait que lui, premier baron du pays, descendant et allié de ses souverains, devait surpasser tous les autres seigneurs par l'éclat de sa réception, comme il les surpassait en richesse et en puissance.

Tous les possesseurs de fiefs mouvants de Faucogney furent invités à la fête avec leur famille et les serviteurs qui devaient les accompagner. Les vassaux, hommes libres et serfs, qui viendraient acclamer l'empereur pendant ces trois jours, seraient nourris aux frais du château ; c'était pour eux une invitation suffisante.

Le peu de temps laissé pour de si grands préparatifs inspirait à tous une activité fiévreuse. Le sire de Faucogney oubliait son état de convalescence et voulait être partout. Sachant que le manque de foin pour les chevaux avait imposé de cruelles privations à la cavalerie impériale, il descendit lui-même aux Haberges, où se trouvaient les écuries, les magasins et les greniers du château; il s'assura que les provisions d'avoine et de foin étaient suffisantes pour nourrir mille chevaux pendant une semaine. La visite de ses celliers, situés dans le bourg de Vesoul, lui montra que quand les vignerons de Chariez, Echenoz et Noidans auraient amené les vins qu'ils devaient fournir, son intendant disposerait de 1,250 queues de vin pour désaltérer ses hôtes, sans compter le vin de la Motte, que l'on tenait en réserve dans les caves du château, ni le vin de la nouvelle récolte, qui commençait à couler sous les pressoirs et dont la foule pourrait se rassasier, si bon lui semblait. On poussa même la précaution jusqu'à faire venir une centaine de pièces de cervoise à l'usage des Allemands, qui préféraient cette boisson à toute autre, bien qu'un certain nombre d'entre eux fussent d'avis que les vins du Comté valaient mieux que la meilleure bière de Strasbourg et de Nuremberg.

L'activité de la dame de Faucogney ne le cédait en rien à celle de son noble époux. Jalouse de faire à l'impératrice une réception digne de son rang, elle veillait sur cette foule de détails auxquels les hommes ne comprennent rien, et que l'œil exercé d'une maîtresse de maison peut seul embrasser dans leur ensemble. Elle avait fait de la tour méridionale du château un délicieux belvédère où les appartements particuliers du couple impérial étaient installés et meublés avec un luxe du meilleur goût. L'impératrice aimait les fleurs, et, par une attention délicate, dame Clémence avait sacrifié les légumes du potager qui était devant cette tour, pour mettre à la place des touffes d'arbustes et des massifs de fleurs que les châteaux du voisinage, les monastères de Calmoutier et de Bithaine, prêtaient ou donnaient généreusement pour la circonstance.

L'office et les cuisines n'attiraient pas moins sa sollicitude, et pendant les six jours qui précédèrent la réception, on prépara par ses ordres les viandes froides qui devaient être distribuées à la foule, et auxquelles cinq cents jambons venus des environs de Luxeuil formaient une base des plus solides et des plus dignes d'estime et d'attention.

La curiosité publique était surexcitée au plus haut point par ces immenses préparatifs; on travaillait nuit et jour afin d'être prêt. La population du bourg était employée tout entière à ces travaux, sans connaître d'une manière précise les intentions de l'empereur et celles du sire de Faucogney. Heureusement, le barbier Musquin était là pour faire connaître le programme des fêtes. On avait la certitude, en allant à l'enseigne de la grande sainte Catherine, d'apprendre des nouvelles généralement exactes; on se jetait sur l'échoppe du maître barbier, comme on se précipite aujourd'hui au bureau du télégraphe ou à l'agence du journal. Profitons du moment où la foule laisse quelques instants de répit à l'artiste, pour entrer avec messire Clément, curé de Pusey, qui vient demander à Grégoire de mettre sa barbe en harmonie avec la belle perruque que lui a value sa traduction du mystère de sainte Catherine.

« Ah ! c'est vous, Messire, s'écrie Grégoire en voyant entrer le chapelain. A la bonne heure, au moins ! une pratique comme vous, un personnage respectable, savant, qui connaît la valeur des hommes et des choses, et non pas ces écervelés qui, sous prétexte de faire couper leurs cheveux et leur barbe à la mode, viennent m'accabler de questions saugrenues, ou ces péronnelles qui voudraient se faire coiffer comme des saintes Catherine? Ah ! à propos, vous savez : un succès fou, immense ; je n'ai pas encore eu le plaisir de vous voir depuis, mais on ne sait auquel entendre. Une foire, oh ! mais voyez, une foire, un mystère comme on n'en a jamais vu, sans compter soixante-cinq livres de bénéfice net ! »

Le digne chapelain subit ce flux de paroles sans chercher à l'interrompre. Il comparait pittoresquement la parole de Grégoire dans les grandes occasions à l'éruption du Frais-Puits après les grandes pluies ; insensé qui essaierait de l'arrêter. « Vous dites donc, maître Grégoire, que vous avez eu des succès. Vous nous raconterez cela?

— Oui, grâce à vous, Messire, nous avons réussi bien mieux que nous ne l'aurions espéré. J'avais des compagnons pleins d'esprit et d'entrain, qui enlevaient toutes les scènes d'une manière supérieure. Par exemple, le gros chantre de Saint-Martin représentait Charnage à s'y méprendre, il était sublime quand il parlait en qualité de prince des philosophes d'Alexandrie. Et moi donc ! si vous m'aviez vu en Père éternel, vous auriez pensé de suite au mont Sinaï, tant j'avais l'air digne et majestueux; mais nous parlerons de tout ceci à loisir et une autre fois, on est trop pressé aujourd'hui. Je n'ose plus me montrer, tant on me cherche pour avoir des nouvelles ; j'ai mis mes clercs et ma femme en mon lieu et place pour répondre au public qui commence à m'importuner.

— Comment donc ?

— Comment ! je me suis engagé à les raser tous moyennant un denier par fois, ou deux boisseaux de blé par an, payables à la Saint-Martin d'hiver. Je ne leur dois rien de plus, mais ils viennent toujours chercher des nouvelles, me font perdre mon temps, et encore quelques-uns ont l'air de ne pas ajouter foi à mes paroles. Je les renverrai tous, et ne dirai plus rien.

— Ce serait prendre un engagement bien sévère et bien lourd à porter.

— Cependant, il faudra que j'en vienne là. Il y a les trois quarts des habitants de Vesoul et des environs qui ne comprennent rien aux choses les plus claires, et confondent le roi de Danemarck avec le soudan d'Egypte ou l'évêque de Bâle. On n'a point de goût de donner des renseignements à des gens si bornés.

— Et cependant vous les tenez de bonne source, les renseignements que vous donnez ?

— Je le crois bien. Moi, qui ai la confiance de monseigneur, celle de madame, la pratique du château et des meilleurs chevaliers, sans compter que je suis en intimité avec M. Bibi, le fou de monseigneur, un homme, voyez-vous, Messire, qui a plus d'esprit dans sa petite bosse ou dans son petit doigt, que M. le vicaire de Saint-Georges n'en a dans tout son gros corps...

— Grégoire, ne dites pas de mal de votre vicaire !

— Mon Dieu, Messire, c'est une manière de parler, je le respecte et j'honore son caractère, mais cela n'empêche pas qu'il ne rêve que plaies et bosses, et qu'il voudrait démembrer Vesoul de notre église mère de Pont, soustraire sa chapelle à la juridiction du prieur du Marteroy. Il remue ciel et terre pour cela, il est dans le cas d'en occuper l'empereur ; mais par notre sainte patronne, il ne sera pas seul, on préviendra Sa Majesté !

— A-t-on des détails sur l'itinéraire de l'empereur, sur l'objet de son voyage ?.....

— On en a, Messire ; seulement on ne les communique pas à tout le monde, les grands n'aiment pas qu'on vende leur secret ; mais pour vous il ne doit pas y avoir de secret. Vous savez que l'empereur revient de Saint-Jean-de-Losne, où il devait y avoir une grande réunion de rois, d'évêques, de princes, de ducs, de marquis et de chevaliers, sans compter deux papes d'un coup, ce qui ne s'est jamais vu, à ce que prétend le révérend prieur du Marteroy. On dit que notre redouté monarque n'est pas très content de la manière dont les choses ont tourné. Les Français lui ont joué un tour de leur façon, et un marchand d'Auxonne, que j'ai rasé hier, m'a dit que leur roi se frotte les mains de joie quand il pense au service que l'empereur lui a rendu en arrivant trop tard au lieu de l'entrevue ; car si Frédéric fût arrivé à l'heure, Louis devait rester prisonnier, ce qui n'était pas du tout agréable pour lui et les siens. Pour parler comme je pense, Messire, je dois vous dire que je ne suis pas fâché de cela, car ce roi qui s'est tiré de peine à force d'exactitude soutient le vrai pape, et jamais l'empereur ne fera passer le sien pour bon. C'est dommage qu'il s'entête sur ce point du pape; sans cela, voyez-vous, le gouvernement serait parfait, et les pauvres gens du Comté l'aimeraient davantage. Vous savez aussi que l'empereur s'en va en Allemagne pour tenir la diète germanique afin de rétablir les affaires.

— J'ignorais ce détail, maître Grégoire; et que fera cette diète?

— Mon Dieu, Messire, je n'en sais rien au juste; mais la diète, comme son nom l'indique, est une société de tempérance qui ne peut manquer de remédier à tous les maux. Sans me flatter, je suis un peu médecin; eh bien! pour rétablir une santé compromise, je ne connais rien de meilleur que la diète et l'eau. *Dieta et aqua*, comme dit l'école de Salerne. Voilà ce qui me fait croire que l'empereur trouvera dans cette diète des ressources que les ignorants ne soupçonnent pas, mais que Sa Majesté en bon politique doit bien connaître.

» C'est en retournant sur les rives du Rhin que notre redouté maître veut visiter les châteaux qui sont du douaire de madame l'impératrice. Dans ce voyage, il décerne des récompenses, redresse les torts, rend justice à tous et soutient le pauvre monde. Il y a trois ou quatre personnages qui sont assignés à Vesoul et dont on jugera les causes en audience impériale; il est probable qu'ils n'en sortiront pas très fiers. Le compte du chevalier qui s'est avisé d'attaquer l'abbaye de Lieu-Croissant pour piller la châsse des trois rois Mages, sera bientôt fait; s'il n'est pas pendu, il ne s'en faudra guère. Le prévôt de Mathay, qui se permet de prendre à ses subordonnés plus d'avoine qu'ils n'en doivent, sera rappelé à la raison; on dit même que les bénédictins de Faverney feront comparaître le curé du lieu pour le corriger d'une manie qu'il a de prêcher à tort et à travers. On dit qu'il rendra compte d'un grand sermon destiné à justifier un nommé Abeilard, fameux hérétique à ce qu'il paraît, et qui a maltraité le Saint-Esprit. Mais tout cela ne veut pas tant nous intéresser que la grande affaire de notre vigne de la Motte. C'est là qu'on va voir du curieux!...

— Est-ce que l'empereur daignera s'en occuper?

— Certes oui, il s'en occupera, il n'a pas pu le refuser à sa gracieuse épouse. On le sait seulement depuis avant-hier au château, et voici comment les choses se sont passées.

» Le gentilhomme de l'impératrice chargé d'annoncer la venue de l'empereur à Vesoul, est un ancien compagnon d'armes du sire de Calmoutier; ils ont parlé de l'état du pays et des nouvelles les plus intéressantes. Guillaume a fait connaître au messager l'aventure de la vigne; celui-ci l'a racontée à l'impératrice, qui est jeune et un peu curieuse, je suppose. Elle a trouvé la chose charmante, se promettant d'en parler à l'empereur pour le décider à s'en occuper. Il paraît que ce n'est pas sans peine; mais ce que femme veut, Dieu le veut, vous le savez. L'empereur a dit oui, et Constantin de Montagney est venu annoncer de la part de l'impératrice que la question de la vigne serait traitée au plaid général du 24 septembre.

— Mais comment plaidera-t-on cette cause ?

— Vous avez mis le doigt sur la plaie, Messire. On ne sait trop comment on va faire, car l'arrivée de la cour dérange le plan des juges, des commissaires, des avocats et peut-être des parties intéressées. Tout le monde en sera intimidé. Les révérends abbés Sifroi de Luxeuil et Guy de Lure, les sires de Pesmes et de Traves, devaient être juges. Notre sire n'a voulu choisir aucun de ses sujets, parents ou vassaux, afin de ne point les paraître influencer. Le prieur du Marteroy, chargé de désigner les rapporteurs de la question, a nommé le prévôt de Conflans rapporteur de l'enquête faite par les maires des villages. C'est un homme instruit, très adroit, qui a failli être moine à Luxeuil dans le temps, et qui débrouillera très habilement le vrai, le faux et l'exagéré. Pour rendre compte des rapports faits par les chapelains de paroisses, il a désigné le curé de Rioz, grand clerc, homme à belles manières, et qui deviendra chanoine un jour, parole d'honneur ! En toute autre circonstance, ces rapporteurs auraient fait merveille, mais devant l'empereur et la cour ils pourront se troubler, ils le craignent du moins, quoique la cour sera indulgente ; on ne leur demande seulement que d'être exacts.

— Vous devez déjà connaître quelque chose de ce rapport.

— Oui et non, Messire. On sait, et on ne sait pas. Le prieur du Marteroy est un homme qui garde ses secrets comme un vrai sépulcre. On n'en peut rien tirer, et quand je le rase, j'ose à peine lui parler, tant il m'inspire de respect. On sait cependant que sur les 223 concurrents de l'année dernière, il y en a plus de 220 qui ne donneront guère d'ouvrage, et dont la cause est jugée par la voix publique. Pour ceux qui restent, on dit que le prévôt de Conflans, qui est un peu sévère, les habillera de manière à ne ménager ni l'étoffe ni la doublure; mais le chapelain de Rioz, qui est bon homme et porté à l'indulgence, comme tous les curés du reste, les traitera bien plus doucement, quoique au fond il n'en laissera guère plus debout que son collègue n'en veut laisser.

— Fort bien, Grégoire, mais s'il en reste seulement deux ou plusieurs qui méritent la vigne, sera-t-elle partagée?

— Ah ! par exemple, je n'ai pas prévu ce cas, et je ne saurais trop que dire là-dessus. Mais j'aperçois Bibi qui descend du château, je vais l'appeler, et il nous donnera les dernières nouvelles. »

L'éloquent barbier présenta le fou à messire Clément, dont la face écumeuse et barbouillée de savon eût pu figurer avantageusement dans la représentation d'un mystère. « Voilà, dit-il, mon meilleur compagnon ; personne ne remplit mieux que lui le rôle d'ange ou de diable dans le mystère de sainte Catherine, que vous nous avez traduit....

— Ah ! c'est messire le chapelain de Pusey, répondit le fou ; quand vous ne me l'auriez pas dit, je l'aurais reconnu à cette belle perruque dont vous m'avez tant parlé. »

Messire Clément ne fit que rire de cette saillie du fou, qui connaissait si bien le faible de Grégoire pour les louanges, et le félicita du talent qu'il avait montré dans la représentation du mystère.

Après cet échange de politesse, le barbier reprit délicatement entre le pouce et l'index le nez du chapelain, et, tenant son rasoir de la main droite, il commença le discours suivant :

— J'étais en train de raconter à messire les ennuis de l'empereur, les préparatifs de la fête, et les procédures touchant la vigne de la Motte. Je lui disais que le rapport des commissaires n'était pas fini, qu'on n'en connaissait pas le contenu et qu'on serait peut-être bien embarrassé.....

— Si vous lâchiez le nez de messire, interrompit le fou, il serait moins embarrassé lui-même..... »

Dans la chaleur de son résumé, Grégoire oubliait qu'il tenait le patient dans une position aussi ridicule qu'incommode, sans seulement songer à se servir de son rasoir.

« Ah ! pardon, Messire, de mon étourderie. Mais voyez, ce que vous avez dit me trotte par la tête. S'il y avait deux ou trois heureux, partagerait-on la vigne ? Voilà une grande question !

— Notre maître n'y a pas songé, continua le fou, mais je crois qu'il la partagerait volontiers. Savez-vous qu'il y a neuf concurrents sur le compte desquels les commissaires ne trouvent absolument rien à dire.

— Dieu du ciel ! neuf ! exclama Grégoire, qui tremblait pour ses douze channes de vin.

— Neuf, ni plus ni moins ! j'ai entendu tout à l'heure le révérend prieur du Marteroy l'annoncer à notre sire.

— Et qu'a-t-il répondu à cela? demanda Musquin, dont la main tremblait.

— Il a dit un mot qui lui fera grand honneur quand le public l'aura entendu; il a dit : Mon révérend père, vous savez que je tenais beaucoup à ma vigne; mais j'en fais volontiers le sacrifice, puisque sa perte m'apprendra qu'il y a neuf mariages bénis du Ciel, et dix-huit heureux dans mes domaines !

— Quel grand cœur, murmura le chapelain, que Dieu le bénisse pour ses nobles sentiments !

— C'est ce que j'ai pensé, Messire, continua Bibi, et j'aurais félicité mon noble maître si je n'avais craint les étrivières, car il ne me savait pas derrière la tapisserie. »

Grégoire était visiblement contrarié. De dépit, il tenait son rasoir à la façon d'un couperet, et il semblait avoir perdu toute son éloquence. Messire Clément lui ayant faire remarquer que la mousse savonneuse se desséchait, et qu'il fallait en finir, l'estimable artiste retrouva sa présence d'esprit pour dire avec une humeur mal contenue : « Voyez-vous, Messire, c'est là une nouvelle qui paralyse mes bras et qui bouleverse toutes mes idées. Ce n'est pas pour moi, vous le comprenez bien, car enfin je boirai du vin toute ma vie, Dieu aidant et saint Vincent aussi ; mais pour notre digne seigneur, qui va partager sa belle vigne entre neuf ou dix paires de manants qui viendront se prélasser autour de la Motte pour les vendanges, et narguer les gens de Vesoul ! Par sainte Catherine, mon sang se met en ébullition quand j'y pense ! Et dire que nous aurions perdu notre temps et notre peine en cherchant à démasquer ces hypocrites ! Mais d'où sont donc ces neuf ménages-là ?

— Je n'en sais rien, cher collègue, répondit le fou, qui conservait son sang-froid. Espérons qu'on trouvera des témoignages contre eux quand le moment sera venu de les faire repentir de leur hypocrisie. Les litanies de Montjustin, de Fougerolles, de Granges, et les prières de Ronchamp, nous seront alors d'une grande utilité.

— Qui nous dit que quelques-uns ne nous échapperont pas ? observa piteusement Grégoire.

— Si vous vouliez bien finir de me raser, observa messire Clément, je vous donnerais volontiers un avis qui pourrait vous servir au moment décisif.

— Ah ! pardon, Messire, c'est de grand cœur que j'achève, mais quand on apprend des nouvelles pareilles, et qu'on voit toutes ses peines perdues, on n'a plus de cœur à l'ouvrage. »

Il y eut un moment de silence, et cette fois la tête du chapelain sortit radieuse des mains du barbier.

« Eh bien ! Messire, que nous conseillez-vous de faire, demanda-t-il en rajustant la perruque du patient ?

— Si vous attendez que ceux qui ont éprouvé quelque regret de leur mariage viennent le dire sans y être forcés, vous risquez fort d'échouer dans votre entreprise, car nul n'est tenu de s'accuser soi-même, et il y a une foule de regrets, désagréments ou ennuis, dont nous pouvons seuls avoir conscience. C'est donc à la conscience qu'il faut s'adresser. Quand vous aurez épuisé les témoignages, demandez le serment des concurrents, et vous verrez combien il en restera.

— Vous parlez d'or, Messire, s'écria le perruquier, frappé de ce trait de lumière. La chose est juste et exacte, quoiqu'elle soit si simple que je m'étonne de n'y avoir pas songé. Nous userons de ce moyen quand nous aurons employé tous les autres, et je ne doute pas qu'il ne nous aide puissamment à défendre la cause de notre maître, qui fera déjà d'assez belles dépenses pendant ces trois jours, sans manger encore le fonds avec le revenu. Ah! ce sera très beau, Messire, que cette fête; on verra presque aussi clair la nuit que le jour, et vous pourrez dire votre bréviaire chez vous, à la lueur des torches qui éclaireront le château. Vous êtes à une lieue de distance, il est vrai, mais songez que le maître des fours à résine de Miellin a reçu l'ordre d'envoyer trois cents charges de poix noire destinée à faire des torches pour illuminer le château pendant la nuit. Il y aura même sur l'étang du Breuil de petites barques munies de falots et de torches à l'usage de ceux qui voudront pêcher de nuit. On dit que les Danois sont très habiles dans ce genre d'exercice: nous les verrons à l'œuvre. Du reste, quelque grand que soit leur appétit, on ne sera pas en peine de les nourrir à la viande ou au poisson, car demain il arrive des étangs de Faucogney, Franchevelle et Melisey, 3,000 carpes sans compter le brochet et le fretin. Il y aura, en outre, 300 voitures de pain, 600 volailles froides et 1,200 saucisses déposées au cellier du bourg derrière la chapelle de Saint-Georges, et comme les verres, les cruches et les bouteilles sont de véritables embarras, on a trouvé plus simple de faire couler à côté de la fontaine d'eau, une fontaine de vin, où chacun pourra boire à sa soif; enfin, pour tout dire en quelques mots, car je suis bien pressé, Messire, on va faire une bombance tellement impériale, que jamais, non jamais, on n'a rien vu et on ne verra rien de semblable. A propos, j'oubliais; plus qu'un mot, Messire. Nous avons bien envie de représenter le mystère de sainte Catherine une ou deux fois pendant ce temps. La représentation serait gratuite, bien entendu, elle nous ferait connaître, et divertirait les étrangers.

— Sans compter, remarqua Bibi, qu'elle ferait honneur à notre maître, car, n'a pas des mystères qui veut.

— Je ne puis qu'applaudir, mes amis, à votre dévouement pour le noble sire de Faucogney; il en est bien digne, certainement, et rien ne fait mieux l'éloge d'un maître que l'affection de ses serviteurs. Je serai très heureux de vous voir réussir dans vos projets. Je vais vous laisser à vos préparatifs et dire mon bréviaire au grand soleil, en attendant la lueur des 300 torches que vous me promettez dans quelques jours. »

Et le digne chapelain regagna sa paroisse, en contournant la Motte et longeant la vigne seigneuriale, qu'il avait vue cent fois, mais qui ne lui parut jamais si belle que ce jour-là.

XIII.

La grande passion de notre siècle est celle d'exécuter promptement toute chose. Les heureuses applications de la vapeur et de l'électricité, en réalisant des progrès inouïs, ont donné naissance à une maladie que nos aïeux ne connaissaient point, et qu'on pourrait appeler la fièvre de la locomotion. Nous cherchons sérieusement le secret de faire le tour du monde en trois jours, et l'idée de pouvoir bientôt abattre deux cent mille hommes à l'heure fait pâmer d'aise nos ingénieurs et nos politiques. Les chemins de fer vont trop lentement au gré de nos désirs, et quand nous sommes à six kilomètres d'une station, nous nous regardons comme déshérités et malheureux. Où sont maintenant ces intrépides marcheurs franc-comtois qui allaient à pied de Besançon à Paris, faisant régulièrement leurs quatre-vingts kilomètres par jour? Quel est le sous-préfet qui voudrait voyager aujourd'hui comme voyageait au XIIe siècle le plus grand monarque du monde?

Outre la rapidité de la locomotion, nous avons sur les voyageurs des temps féodaux un avantage immense, le bon état des chemins. Pendant tout le moyen âge, on suivit les vieilles voies romaines, mais il ne paraît pas que personne se soit mis en peine de les entretenir. Heureusement qu'elles étaient assises sur des fondations à l'épreuve. Mais tout s'use en ce monde, et, en l'an de grâce 1162, l'action du temps se faisait déjà vivement sentir sur nos voies romaines.

La grande voie de Besançon au pays des Leuques et des Rauraques, que devait suivre le cortége impérial pour arriver à Vesoul, se trouvait détériorée et rompue en plusieurs endroits; les variantes imaginées par les voyageurs pour tourner ces mauvais pas conduisaient souvent à des bourbiers sans issue, et les cavaliers les mieux montés avaient peine à en sortir pendant la moitié de l'année. Depuis la conférence du pont de Losne, nous l'avons dit, le temps était à la pluie; les terres détrempées, les chemins défoncés, rendaient la circulation difficile. Chaque ruisseau était devenu rivière, chaque ravin formait un torrent, et c'était avec des peines inouïes que l'escorte impériale, sortie de Bellevaux de bon matin, s'avançait à travers les broussailles et les boues, qu'un soleil radieux faisait paraître encore plus désagréables qu'elles ne l'étaient en réalité.

« Quel affreux pays, disait un chevalier saxon, commandant l'avant-garde, à Philippe d'Anglure et Girard de Ronchamp, qui étaient venus à la rencontre du cortége. Depuis que nous marchons, nous n'avons eu que des broussailles, des pierres et de la boue : pas de villages, point de maisons, à peine quelques champs cultivés ! C'est donc cette province qu'on disait si belle, et qui forme l'apanage de l'impératrice !...

— Il est vrai, répondit le sire de Ronchamp, que si on jugeait le comté de Bourgogne par ce que l'on en voit en suivant la route de Besançon à Vesoul, on en aurait une assez triste idée. Si vous suiviez nos vallées du Doubs, de l'Ognon et de la Saône, vous verriez qu'elles offrent les sites les plus variés, les montagnes les plus pittoresques et les plaines les plus fertiles.

— Je les connais, je les connais, répondit l'Allemand, qui ne cherchait point à dissimuler sa mauvaise humeur ; des montagnes où nos chevaux ont failli cent fois nous rompre le cou, et des plaines fertiles où nous avons pensé mourir de faim !

— Du moins, vous n'y êtes pas morts de soif ! riposta le sire de Ronchamp, piqué de ce manque de courtoisie de l'étranger. Restons-en là, et avant de porter un jugement définitif, attendez d'avoir vu le val de Vesoul, et la réception que le sire de Faucogney veut faire à l'empereur et à sa suite. »

Il était deux heures après midi lorsque le cortége impérial, débouchant par la gorge qui domine le vallon de Solborde, aperçut la vaste plaine au milieu de laquelle s'élève la montagne de la Motte. Les pluies torrentielles des jours précédents avaient occasionné l'éruption du gouffre de Frais-Puits, et l'immense prairie était inondée. La montagne, semblable à une gigantesque pyramide bâtie dans une île, semblait élever jusqu'au ciel sa tête surmontée de tours et de créneaux. Barberousse, surpris d'un spectacle auquel il ne s'attendait nullement, se tourna vers Othon de Witelsbach et lui dit : « Notre gracieuse épouse ne nous faisait point connaître qu'elle avait un château de cette force, dans une île et au milieu d'un lac dont nous ne soupçonnions pas l'existence. Vesoul, Vesoul, répétait-il, savez-vous que ce *Castrum Vesulum* paraît aussi solide que nos meilleurs châteaux de Souabe et de Franconie ? — La place semble petite, répondit le comte palatin ; mais, entourée d'eau comme elle l'est, on ne pourrait guère la prendre que par famine. Je crois cependant, à la couleur terreuse de cette eau, reconnaître là un débordement plutôt qu'un lac. On peut, du reste, savoir, par quelqu'un des seigneurs du pays, à quoi s'en tenir là-dessus. »

L'archevêque de Besançon, qui chevauchait à quelque distance, apprit à l'empereur que l'opinion du comte était fondée, et qu'il existait, non loin de Vesoul, un gouffre qui, après les grandes pluies, pouvait, en quelques heures, lancer par son large orifice assez d'eau pour couvrir toute la vallée et rendre le château inabordable.

« Votre Majesté arrivera juste à temps pour se voir barrer le passage, remarqua le comte palatin d'un air mécontent. N'y a-t-il donc pas moyen de remédier à cela?

— On n'en a pas encore trouvé de meilleur que celui de laisser l'eau couler et s'en aller comme elle est venue, répondit l'archevêque. Certes, le sire de Faucogney, les seigneurs et la foule que nous apercevons en si grand nombre sur le versant de la montagne seront extrêmement peinés si le cortége impérial est retardé dans sa marche; mais ils ne peuvent rien contre la violence des eaux. »

Du point où le cortége était parvenu, on voyait flotter l'étendard impérial sur la maîtresse tour; une foule immense couvrait les murailles et les créneaux de la forteresse; un cri formidable, saluant l'apparition de l'empereur, vint se briser contre les rochers de Cita et d'Echenoz et réveilla tous les échos des vallées voisines.

Le chevalier saxon de l'avant-garde en fut surpris. « Oh! dit-il, quelle foule! Il paraît qu'on nous attend. Tout ce monde-là trouvera-t-il à manger?

— Soyez sans crainte, répliqua le sire de Ronchamp. Vous n'êtes plus dans la plaine de Saint-Jean-de-Losne. »

Tandis qu'on attendait l'impératrice, qui, avec sa maison et ses chevaliers d'honneur, formait un groupe à part, Philippe d'Anglure et Constantin de Montagney allèrent en éclaireurs reconnaître les lieux. Ils revinrent peu après, annonçant que les eaux recouvraient entièrement la chaussée qui conduisait au bourg et rendaient le passage impossible, mais qu'elles baissaient rapidement, et qu'avant deux heures on espérait pouvoir l'effectuer sans danger.

Cette nouvelle contraria vivement le monarque, habitué à voir tout plier devant lui. Cependant, comme il ne pouvait s'en prendre à personne, il se résigna bientôt et dit à l'impératrice, en lui montrant la plaine liquide : « Nous n'avons pas d'autre ressource à employer que la recette indiquée par notre cousin l'archevêque de Besançon, c'est de laisser couler l'eau. »

De l'autre côté, la foule impatiente saluait l'arrivée du cortége, mais ses cris de joie n'en pouvaient hâter la venue. L'empereur et les princes entrèrent à la maladrerie, qui se trouvait au bout de la levée, pour s'y reposer un instant. L'impératrice eut la dévotion de visiter l'église de Pont, qui n'était guère qu'à cinq cents pas, et d'y vénérer les insignes reliques de saint Martin, objet d'un pèlerinage fréquenté longtemps avant cette époque.

Enfin, après deux heures, que, de part et d'autre, on trouva bien longues, une ligne noire apparut, en plusieurs endroits, à la surface de l'eau; c'était la levée qui devenait praticable.

Le peuple, qui veut voir du merveilleux partout, attacha une grande importance à ce retard purement accidentel. L'empereur avait reculé devant Frais-Puits!... Le patriotisme local en fut flatté, et, de tous les faits qui signalèrent le passage du puissant empereur dans l'humble bourgade abritée par le château de la Motte, un seul a survécu dans cette tradition aussi mal comprise qu'elle est persistante : c'est que César recula devant la mer de Vesoul !

Le cortége impérial se composait d'environ huit cents chevaliers. On y comptait plusieurs des princes invités à l'entrevue de Losne. Les autres avaient repris, avec leurs soldats, la route de l'Allemagne par le pays de Montbéliard et l'évêché de Bâle. Malgré le départ des ducs de Saxe, d'Autriche, de Bohême, des consuls des villes lombardes et des podestats du midi de l'empire, la cour impériale offrait encore un des spectacles les plus remarquables qu'il pût être donné aux habitants de Vesoul de contempler. Les nombreux valets qui suivaient la brillante escorte avaient profité de l'arrêt causé par les eaux pour réparer les désordres de la marche, donner aux chevaux et aux armures des soins qui les missent en état de paraître avec honneur dans le défilé solennel que le peuple attendait avec impatience.

L'ancienne levée de Vesoul était solide, mais ne pouvait donner passage qu'à quatre cavaliers de front. Dès que la traversée put s'effectuer sans danger, le sire de Faucogney était venu jusqu'à la maladrerie présenter ses hommages au couple impérial, et l'empereur, en le remerciant de cette attention, lui commanda de retourner vers les siens, ajoutant qu'il le suivrait de près.

Une immense acclamation de joie répondit aux fanfares qui annonçaient que l'escorte impériale s'engageait sur la levée. Enseignes déployées et la lance haute, les chevaliers teutons s'avancèrent à pas lents. C'était un émouvant spectacle que celui de cette troupe dont les armes étincelantes lançaient des éclairs sous les rayons du soleil couchant et qui semblait exécuter une promenade fantastique en rasant la surface des eaux. La levée avait disparu ; on ne voyait que les cavaliers, qui la couvraient tout entière. Ce fut seulement à l'extrémité de l'étang du Breuil, au lieu où fut plus tard la porte Basse, que le cortége atteignit la foule qui l'attendait.

Messire Clément, chapelain de Pusey, avait pris place, avec ses paroissiens, sur le bord de la levée. Son imagination, féconde en similitudes, lui faisait comparer ce défilé à fleur d'eau au célèbre passage de la mer Rouge par les Hébreux. En attendant le moment où il pourrait acclamer le souverain, il expliquait à ses ouailles les attributs et les fonctions des divers membres du cortége.

Les questions les plus disparates arrivaient à son adresse. Messire, montrez-nous donc un duc. — Moi je voudrais voir un archevêque. Qu'est-ce qu'un margrave ? Verrons-nous un éléphant ? Où sont les comtes palatins ? — L'empereur est-il bien grand ? Est-il vrai qu'il a les cheveux aussi rouges que ceux du fils de Pierre la Belette ? — L'impératrice est-elle plus belle que la reine de France ? — Est-il vrai que le nouvel archevêque de Besançon est un grand maigre, sec, comme on le dit, etc. ?

Et le bon chapelain répondait de son mieux à toutes ces questions en ajoutant invariablement : « Prenez donc patience ; nous allons voir tout cela, vous jugerez vous-mêmes. »

Enfin, après une longue suite de chevaliers, de comtes et de marquis, l'empereur et l'impératrice parurent, montés l'un et l'autre sur une magnifique haquenée blanche. Barberousse n'avait guère plus de 39 ans. Tenant plus à la solidité des armes qu'à leur richesse et à leur éclat, il était entièrement couvert d'une armure et d'une cotte de mailles d'acier. Son casque seul était doré. La visière, qui était levée, laissait apercevoir ce visage plein et régulier, à l'air réfléchi, ces lèvres fines, ce nez aquilin, ce regard limpide et perçant que les chroniqueurs de l'époque se sont plu à décrire. Aux acclamations que poussait la foule, l'empereur répondait par quelques légers signes de tête qui seuls pouvaient faire penser qu'il était sensible à ce bon accueil, car son visage trahissait rarement les émotions de son âme.

L'impératrice, au contraire, était radieuse et ne dissimulait point sa joie de se trouver au milieu d'un peuple dont elle était tout à la fois l'espérance et l'idole. Au reste, le portrait flatteur que font de Béatrix de Bourgogne les historiens du temps, prouve que l'affection des sujets pour leur souveraine était parfaitement justifiée. Selon le continuateur d'Othon de Freisingen, que nous traduisons, Béatrix, alors âgée de vingt-deux ans, « avait une taille moyenne, des cheveux d'un blond doré, une figure ad- » mirable, des dents blanches et bien rangées, le port droit, la bouche » petite, une physionomie modeste, des yeux transparents, suaves et » doux, les mains délicates, le parler chaste. Elle était soumise à Fré- » déric, le craignant comme son seigneur, et l'aimant par dessus tout » comme son époux ; elle était lettrée et dévouée à la religion et à la » foi. » Peut-on voir une princesse plus accomplie ?

Aussi la foule criait : Noël ! Noël ! vie et victoire à l'empereur et à l'impératrice. L'enthousiasme gagnant, le cortége put à peine se frayer un passage à travers les flots de la multitude, pour suivre le chemin tortueux et rapide qui conduisait au château, les vignes furent bientôt envahies par le torrent, et ce fut aux acclamations de dix mille voix que le couple impérial fut reçu par le sire de Faucogney et toute la noblesse de la contrée, sur le pont-levis du château.

Il y eut ce soir-là festin splendide dans les salles basses du donjon. Les chevaliers allemands se dédommagèrent des privations antérieures et de la disette des plaines de Losne. Le commandant saxon, complétement réconcilié avec le Comté par l'entremise du vin de la Motte, fit réparation d'honneur au sire de Ronchamp.

La soirée fut magnifique. Les trois cents torches de résine allumées sur les créneaux faisaient merveille, et leurs lueurs rougeâtres se reflétaient au loin sur la mer de Vesoul. Malgré l'éclat de cette illumination, messire Clément ne songea point à dire son bréviaire, obligé qu'il était de modérer la dévotion de ses paroissiens pour la fontaine de Saint-Georges. Cette fontaine, vraiment impériale, assurait maître Jobard, puisqu'elle lançait huit cents pintes de vin à l'heure, obtint un succès tel, que les paroissiens de messire Clément prièrent leur curé de faire une supplique à l'empereur pour le prier de fixer sa résidence à Vesoul.

Le lendemain, 24 septembre, était le jour consacré au plaid public ou tenue de justice. Barberousse, qui voulait faire revivre partout le droit romain, et qui se piquait d'être aussi habile à gouverner son peuple par les lois qu'à le défendre par les armes, déployait un grand luxe dans ces occasions solennelles. Ce n'était pas saint Louis rendant la justice sous un chêne, c'était Charlemagne entouré de ses légistes, de ses savants et de ses guerriers.

Le sire de Faucogney avait tout disposé selon les vues de l'empereur. Aucune salle du château n'étant capable de contenir la nombreuse assistance qui devait figurer à cette solennité, on avait préparé dans la cour d'honneur, au pied de la maîtresse tour, une vaste estrade sur laquelle s'élevait le trône impérial entouré de quatre-vingts siéges destinés aux dignitaires et aux prélats qui formaient l'escorte de Barberousse.

Il était huit heures du matin lorsque les hérauts d'armes annoncèrent l'empereur dans la grande cour, où l'attendait une nombreuse assemblée. Selon la religieuse coutume de l'époque, la messe du Saint-Esprit, qui précédait toujours les tenues de justice, fut célébrée dans la chapelle du château par l'archevêque élu, assisté du chanoine de Faucogney et du prieur de Marteroy; toute l'assistance l'entendit du haut de l'estrade préparée, et les assises commencèrent.

L'empereur et l'impératrice occupaient le milieu de l'hémicycle, assis sur leur trône; Reinald, comte de Dassel, archevêque de Cologne, grand chancelier de l'empire, et le fidèle comte palatin Othon de Witelsbach, se trouvaient les plus rapprochés du trône. L'électeur de Trèves et l'archevêque de Besançon, les ducs de Lorraine et de Rottenbourg, les comtes de Bouillon, de Bar et de Frise, les évêques de Minden, de Strasbourg et d'Alberstadt, les abbés de Fulde, Reichenau, Wissembourg et Prum, les prélats et chevaliers comtois, parmi lesquels on remarquait le doyen du chapitre métropolitain; Sifroi, abbé de Luxeuil, et Guy, abbé de Lure, nouvellement créés princes de l'empire, Guy, abbé de Corneux, et Pierre de Scey, anciens gouverneurs du comté, Amédée de Montfaucon, Gerfroi d'Etrabonne, Burcard de Verne, Jérémie de Ruffey et beaucoup d'autres, venaient ensuite.

L'or, l'argent, l'hermine et la soie dont ces hauts dignitaires étaient revêtus, contrastaient singulièrement avec la robe de bure de quelques religieux qui accompagnaient l'empereur en qualité de jurisconsultes, et dont le savoir était à ses yeux un des plus beaux titres de noblesse. La première cause introduite fut celle de Stéphanie de Montfaucon, abbesse de Baume-les-Dames, et du prévôt de Mathay-sur-le-Doubs, qui, abusant de son autorité, voulait prélever sur les habitants de ce bourg des redevances auxquelles il n'avait point droit. Le prévôt fut entendu, et sut assez mal excuser ses prétentions et pallier ses torts. La délibération ne fut pas longue, et Frédéric prononça ainsi la sentence :

« De notre autorité impériale, nous déclarons que le prévôt de Mathay n'aura pas le droit d'exiger une redevance en avoine de la part des habitants; nous ordonnons qu'il ne tiendra les assises que deux fois l'année, que les propriétaires du bourg pourront seuls y siéger comme jurés, et les habitants, s'ils viennent à quitter le bourg, auront le droit d'y conserver leurs biens. Quand le prévôt ira pour rendre la justice, il vivra de la justice ; s'il va pour toute autre cause, on ne lui devra rien. Ainsi mandons et ordonnons à notre chancelier d'en donner lettres patentes aux parties intéressées. » Cette sentence libérale, qui défendait le pauvre peuple contre les entreprises d'un petit tyran, fut accueillie par les applaudissements de la multitude, dont elle sauvegardait les droits les plus sacrés (1).

Le procureur de l'abbaye de Faverney parut ensuite, pour accuser le curé du lieu de rébellion et d'hérésie ; il lut trois propositions quasi hérétiques soutenues par le fougueux chapelain de Saint-Bénigne ; mais l'archevêque de Besançon ayant fait observer que l'affaire était purement ecclésiastique, et devait être traitée plutôt en synode qu'en tenue de justice, l'empereur renvoya les parties devant l'officialité diocésaine.

L'abbé de Lieu-Croissant parut ensuite. Son air grave et triste annonçait une affaire sérieuse.

« Au nom de la très sainte Trinité, dit-il à haute voix. »

A ces mots, l'empereur et les barons, s'étant levés, s'inclinèrent profondément.

« L'humble abbé de Lieu-Croissant, ici présent, continua le prélat, accuse le chevalier Pierre de Tournans d'avoir attaqué son monastère de nuit et à main armée, pour piller la châsse des trois Rois Mages, que Sa Majesté notre redouté maître y a fait déposer en les confiant à notre garde. »

Il y eut un moment de profond silence. L'accusation était si grave, et le respect de l'empereur pour les reliques des trois Rois si connu dans tout l'empire, qu'on ne douta point qu'un châtiment terrible allait être infligé au chevalier félon.

« Où est le coupable ? demanda Barberousse.

— Sire, après l'insuccès de sa tentative, il s'est enfui, redoutant la colère de Votre Majesté. On ne sait où il s'est retiré, mais il est hors des terres de l'empire.

— S'il échappe à la mort, répondit Barberousse d'une voix dont l'accent indiquait la colère, il n'échappera point à la honte et à l'infamie qu'il mérite. Nous le mettons au ban de l'empire, donnant à tous le pouvoir de courir sus ; nous le déclarons déchu de sa noblesse ; son écusson sera brisé, et un chien galeux en traînera les débris autour du château de Vesoul. »

(1) La charte est dans Perreciot, *Etat civil*, pièces justif., nº 152. *Datum Visulio castro*, VIII *kalendas octobris anno Dominicæ Incarnationis* MºCºLXII.

L'abbé voulut implorer la miséricorde de l'empereur, et demanda l'adoucissement d'une sentence qui vouait à l'infamie le chevalier coupable et tous ses descendants; mais Barberousse ne revenait jamais sur une décision prise, et il répondit à la prière de l'abbé par ces seuls mots : « Révérend père, le châtiment est infligé, on l'exécutera aujourd'hui même. »

Cette affaire avait soulevé une vive émotion dans l'assemblée, et ce fut avec joie que chacun vit introduire la cause de la vigne de la Motte.

Le prieur Humbert, chargé d'en faire l'exposé, profita très habilement de la circonstance pour remarquer que là il n'y aurait point de coupable, et que la majesté impériale, au lieu de punir, n'aurait qu'à exercer le plus beau droit de la puissance souveraine, celui de faire des heureux. L'impératrice remercia le prieur par un gracieux sourire, et la discussion commença.

Le prévôt de Conflans, déroulant une longue feuille de parchemin, lut son travail sur les rapports des maires. C'était une statistique un peu sèche des peines matrimoniales, et ses allures rappelaient celles de la bureaucratie moderne. Le rapporteur apprit à l'auditoire que sur les deux cent vingt-trois concurrents inscrits l'année précédente, quarante-six, s'apercevant qu'ils s'étaient trompés ou croyant l'avoir été, s'étaient pris de querelle avant la fin du premier mois de leur mariage ; quatre-vingt-deux avaient cru dans le cours de l'année que leurs caractères et humeurs étaient incompatibles, ils en avaient donné des preuves non équivoques.

Les appâts de la bonne chère et la force des vins de l'année avaient été funestes à vingt-trois ménages de vignerons ; six s'étaient mariés par intérêt, et l'avarice les rendait malheureux ; neuf étaient atteints de jalousie et mauvais soupçons ; dix-huit s'étaient brouillés au sujet d'affaires domestiques et de chagrins de famille ; six à propos de revers de fortune et d'espérances déçues ; cinq étaient rudement éprouvés par la maladie ou la mort de leur conjoint ; un homme s'était expatrié, une femme s'était enfuie avec une bande de bateleurs ; trois familles étaient en deuil de leur premier enfant ; quatre autres se déclaraient malheureux sans qu'on en pût deviner le motif, et il n'en restait que dix ou onze, sur le compte desquels on n'avait pas de reproches à faire, de preuves à fournir, mais dont le bonheur pouvait être discuté, sinon contesté.

Pour rompre la monotonie de cette cruelle et implacable statistique, le prévôt de Conflans, en souvenir de sa rhétorique de Luxeuil, avait jugé à propos d'insérer quelques axiomes de philosophie scolastique, et des vers de sa façon dans lesquels il cherchait à exprimer ses idées d'une manière agréable et piquante. Les lettrés entendaient ses distiques avec plaisir; l'impératrice en demanda la traduction à son chapelain, qui crut pouvoir rendre ainsi le distique relatif aux querelles de ménage :

Tant qu'Auguste est resté garçon,
Diable était son plus gros juron,
Mais depuis qu'Agathe est sa femme,
Il ne jure que par Madame.

L'impératrice parut légèrement satisfaite de l'épigramme; mais en sa qualité de juge, elle voulait connaître le débat à fond; elle se fit traduire encore les vers qui résumaient l'opinion du rapporteur. Les voici, d'après un ancien poëte :

Peu satisfait de sa moitié,
Toinot s'écriait à toute heure :
Ah que je suis mal marié!
Jean, qui l'entendit d'aventure,
Lui dit : Votre souci diffère bien du mien;
Si je me plains, je vous le jure,
Mon cher Toinot, c'est de l'être trop bien.

On voit par ce spécimen que l'impératrice avait raison de se défier du latin; le prévôt s'en aperçut, et s'excusa par une phrase embarrassée, qui servit du moins à divertir la princesse, si elle ne la rassura pas complétement sur l'impartialité du rapporteur.

Le curé de Rioz parut à son tour. Au lieu d'énumérer avec complaisance les écueils contre lesquels les pauvres époux s'étaient brisés, il fit des considérations d'une haute philosophie sur la déchéance primitive, qui fait que parmi les appelés du mariage on rencontre si peu d'élus du bonheur.

Après avoir observé avec autant de justesse que de tact qu'il s'agissait bien plus de discuter les mérites des combattants valides, que d'adresser des reproches aux vaincus et aux déshérités, il déclarait qu'après avoir examiné sans prévention, « et au plus près de sa conscience, » les rapports faits par ses confrères de la seigneurie de Faucogney, il ne restait que neuf alliances sur le compte desquelles les mémoires étaient muets, et qui présentaient toutes les apparences du bonheur; il proclama les noms des concurrents :

Paul le Blanc, constructeur de barques à Mersuay.

Etienne le Chasseur, forestier à Granges-la-Ville.

Jacquót Pincemaille, mineur à Saint-Bresson.

Jean Loison, tisserand à Genevrey.

Odet le Roux, vigneron à Calmoutier.

Tiennot Malva, laboureur à Malbouhans.

Simon le Magister, recteur d'école à Echenoz-la-Meline.

Guillaume le Benin, homme libre et propriétaire à Quers.

Martin Blancpoil, tanneur à Melisey.

En proclamant les noms de ces fortunés époux, le rapporteur déclara que si leur bonheur n'était qu'apparent, il était permis à toute personne, de quelque condition qu'elle fût, d'en apporter la preuve.

Les concurrents furent introduits; ils étaient tous en habit de noce, et quelques-uns paraissaient radieux. L'appel du rapporteur, répété « à hault cri de voix » par un huissier de la cour, fut entendu.

Un homme de Breurey déclara que Paul le Blanc, son cousin, s'était repenti de s'être marié, un jour qu'ils étaient à boire ensemble dans un cabaret de Faverney; il avait avoué qu'une pensée de jalousie traversait son âme et le faisait souffrir depuis quinze jours.

Paul le Blanc parut contrarié de cette révélation de son cousin; mais il la reconnut exacte. Sa femme, toute confuse, lui dit : « Pourquoi ne m'aviez-vous pas prévenue? Quel affront! » et le murmure peu flatteur de la foule les avertit qu'ils étaient hors concours.

Deux pèlerins parurent ensuite. L'un d'eux accusa la femme d'Etienne le forestier, de Granges-la-Ville, de regretter son mariage, parce que son époux était toujours à travers les bois.

« Si j'avais épousé notre voisin Jean le tissier, qui reste continuellement à la maison, j'aurais été bien plus heureuse! » Donc elle ne l'était pas.

L'imprudente avait dit cette parole à un pèlerin des Trois-Rois, de passage à Granges. Qui aurait cru que cet étranger la trahirait?

Hugonnette, femme de Jacquot Pincemaille, mineur à Saint-Bresson, fut accusée à son tour. Bien que Jacquot fût un habile ouvrier, travaillant aux mines d'argent que les abbayes de Luxeuil et Remiremont exploitaient à Rovillers, c'était un avare de première force et refusant tout à sa femme. A la dernière foire de Luxeuil, elle avait grande envie d'acheter un ruban neuf pour lacer son corsage. Elle allait le payer, quand son mari, le trouvant trop cher, empêcha la conclusion du marché. Le Lombard à qui elle s'adressait l'entendit murmurer ces paroles : « Quel malheur d'avoir pris un mari si déraisonnable, quand j'aurais pu mieux faire! »

Hugonnette, piquée de ces détails, protesta contre le pèlerin. « Qu'en savez-vous, dit-elle? Etiez-vous là?

— Certes, oui, j'y étais! » et, jetant sa large robe de pèlerin, l'accusateur laissa voir le costume de marchand lombard qu'il portait à la foire de Luxeuil.

Hugonnette aurait voulu pouvoir se cacher. Sa voisine, la femme de Jean Loison, de Genevrey, fut tellement surprise de voir le costume et la figure du marchand lombard, qu'elle se dirigea du côté de la porte, au grand étonnement de son mari, qui fut obligé de la suivre.

L'autre pèlerin accusa Etiennette, femme de Tiennot Malva, de Malbouhans, d'avoir fait l'hypocrite uniquement pour se faire adjuger la vigne de la Motte, tandis qu'elle avait avoué à sa cousine que le joug du mariage lui pesait beaucoup, et que plus elle connaissait son mari, plus elle lui trouvait de défauts.

« Ma cousine ne peut pas avoir dit cela, répondit Etiennette. Elle est ici, on peut l'interroger. »

La cousine, interrogée par l'abbé de Luxeuil, observa n'avoir dit ces paroles que sous forme de prière à sainte Catherine.

« C'est justement de sainte Catherine que nous les tenons, riposta le pèlerin avec un méchant sourire.

— Ah! mon Dieu, s'écria la pauvre cousine, voilà l'ange de Ronchamp! » Etiennette avoua les faits reprochés.

La cour suivait avec curiosité ces débats, dont on ne prévoyait pas l'issue.

Si ita est, non expedit nubere, murmura Rudolphe, évêque nommé de Strasbourg, qui tenait à prouver ses connaissances en évangile.

« Qu'a dit notre cousin de Strasbourg, demanda l'impératrice?

— Il a dit, répliqua Barberousse, qui comprenait fort bien le latin quoiqu'il ne le parlât point, il a dit qu'à ce compte le sire de Faucogney conservera sa vigne. »

Simon le magister, d'Echenoz, fut accusé de n'être pas heureux, parce qu'il trouvait sa femme trop simple. « Est-il permis à un recteur d'école d'avoir une femme aussi bête? » s'était-il écrié dans un moment d'humeur. Il en convint, en remarquant toutefois que cette simplicité n'ôtait rien à son bonheur. La question fut mise aux voix : l'abbé Guy de Corneux démontra fort bien par l'Evangile et le Maître des sentences que le bonheur n'est pas impossible pour les simples et les ignorants. On passa outre en lui donnant raison.

Quand vint le tour de Guillaume et de Guillemette, on accusa le mari d'être trop faible, et la femme de vouloir toujours imposer sa volonté, au point que les rôles étaient intervertis. Les juges demandèrent des preuves à l'appui, mais les faits allégués leur paraissaient vagues et n'avaient rien de décisif. La discussion se prolongeait, quand l'archevêque de Besançon, consulté, rallia tous les suffrages en disant : Il nous semble que c'est le cas d'appliquer le principe : *Parum pro nihilo reputatur.* Le bénéfice des circonstances atténuantes fut accordé aux accusés.

Quatre couples sortaient victorieux de l'épreuve, et nul ne se présentait pour les accuser, lorsque le marchand lombard, en désespoir de cause, demanda qu'avant de les proclamer vainqueurs on les fît affirmer leur bonheur par serment.

On ne s'attendait nullement à cette exigence nouvelle; cependant les juges l'admirent comme n'ayant rien que de raisonnable, car, remarqua Gilbert de Traves, le bonheur étant un sentiment intime, ne peut être vraiment apprécié que par le sens intime de chacun. Le respect pour le serment était d'ailleurs si grand dans ces temps où la foi, sans éteindre les passions, dominait pourtant les âmes, qu'on pouvait être moralement sûr que nul n'oserait prendre Dieu à témoin d'un bonheur qui n'eût pas été réel.

Sur les huit époux appelés à faire ce serment, quatre jugèrent à propos de décliner ce dangereux honneur. Ne se sentant sans doute point en état d'affirmer leur bonheur par serment, ils se retirèrent aussitôt.

Simon le magister et sa femme, Guillaume et Guillemette de Quers, étaient si sûrs d'eux-mêmes, qu'ils n'hésitèrent pas un instant.

Toutes les ressources des accusateurs étaient épuisées.

La cour, après un instant de délibération, décida que la récompense due aux heureux couples d'Echenoz et de Quers serait décernée le soir au coucher du soleil, heure précise marquant la fin de l'année fixée pour le concours.

Comme Simon le magister descendait au bourg avec sa femme, pour y prendre part aux divertissements populaires, un jeune homme d'Echenoz arriva tout essoufflé, et annonça que leur jeune enfant, mal gardé par une voisine, avait eu le bras dévoré par un pourceau.

Les malheureux époux, passant subitement de l'excès de la joie au comble de la tristesse, coururent à leur maison, où ils furent témoins de l'agonie du pauvre enfant, et la vigne de la Motte compta deux prétendants de moins.

XIV.

Tandis que la foule s'écoulait avec peine et pataugeait à travers les sentiers descendant au bourg, les deux pèlerins accusateurs, que chacun a reconnus, s'entretenaient piteusement du résultat de leurs efforts.

« C'est à en mourir de chagrin, disait Grégoire. Nous avons perdu notre temps et notre peine. Trois mois de voyages n'ont servi qu'à nous faire moquer de nous, à compromettre notre réputation, et même celle de notre maître, qui passera encore pour nous avoir soudoyés et ordonné nos expéditions, quand même il en était innocent comme le chrétien qui sort du baptême. Certes, ce n'est pas à cause des douze malheureuses channes de vin que j'y perds, mais pour l'honneur du sire de Faucogney et le nôtre, que je suis vexé de l'issue de ce jugement. Tout allait si bien! J'ai vu le moment où tous les prétendants restaient sur le carreau! Mais le sort nous poursuit! Les juges sont trop faciles. Que pourrait-on faire maintenant? Quel remède apporter au mal? C'est ma femme qui va bien me recevoir après cette équipée!...

— Je ne vois pas d'autre remède, répondit le fou d'un air mélancolique, que de se résigner.

— Se résigner, se résigner! c'est bientôt dit. Vous me produisez l'effet de messire notre curé quand il nous prêche la patience. Son prône est vite fini, mais je voudrais le voir avec une femme revêche, des pratiques dégoûtantes, des valets insolents, et tout ce qui s'ensuit...

— Quand vous vous lamenteriez jusqu'à demain, interrompit le fou, cela ne changerait rien à l'affaire. Nous n'avons plus de ressources; mais la journée n'est pas finie, et d'ici au coucher du soleil, heure fixée pour la clôture du concours, que d'incidents peuvent survenir! Peut-être trouverons-nous les concurrents en défaut; surveillons-les sans qu'ils s'en doutent, nous nous retrouverons ce soir. »

Tandis que l'empereur et sa cour assistaient à un festin splendide, où les merveilles de l'art culinaire, les produits de la venaison comtoise et les saveurs des épices orientales s'allient au parfum des vins vieux de Château-Chalon, de Vesoul et d'Arbois, Guillaume et Guillemette étaient descendus au bourg pour prendre leur repas, visiter les troupes campées au pied de la Motte, assister aux jeux et divertissements offerts à la multitude.

Le spectacle animé qu'ils avaient sous les yeux, les costumes variés et bizarres des paysans, mêlés aux armures de fer des soldats du nord, les combats qui se livraient autour de la fontaine de vin, les discours et les cris de cette cohue joyeuse de nager dans l'abondance et de montrer son attachement au souverain en buvant à sa soif et au delà, semblaient intéresser Guillaume; mais sa femme était distraite, et ses yeux se portaient sans cesse du côté de la Motte, où ses intérêts de future propriétaire semblaient déjà l'appeler.

« Si vous vouliez me croire, dit-elle enfin à Guillaume, nous sortirions de cette cohue. A peine peut-on se remuer ici ; je trouve que ces cavaliers sont grossiers et sentent l'huile de poisson ; tous ces ivrognes qui se trouvent autour de la fontaine me font mal au cœur. En allant nous promener, nous serions beaucoup plus tranquilles.

— Où irions-nous, demanda Guillaume évidemment contrarié. Il y a du monde partout. Au Marteroy les gens d'église, aux Haberges les valets et les palefreniers, dans le bourg la foule venue des campagnes ; il n'y a pas de bois près de Vesoul, et la prairie est inabordable.

— Mais, continua Guillemette, il y a encore les vignes.

— Nous aurions bonne grâce d'aller nous promener dans les vignes.

— Eh ! qui vous parle de courir à travers les ceps ? N'avez-vous pas vu, comme moi, que, le long des vignes placées sous le prieuré et le château, on trouve de fort jolis sentiers bordés de haies. J'y ai même remarqué deux ou trois fontaines. D'ailleurs, ne faut-il pas faire connaissance avec cette vigne, dont la moitié va nous appartenir ? »

Guillaume n'eut pas de peine à goûter ces raisons, et tous deux marchèrent dans la direction de la route Saint-Martin, pour prendre le premier chemin qui les conduirait aux vignes.

A peine avaient-ils fait cinquante pas dans cette direction, qu'ils rencontrèrent un groupe de curieux entourant un homme qu'à son costume semi-clérical et son bonnet en éteignoir, on reconnaissait aisément pour un sacristain.

« C'est jouer de malheur, disait cet homme, nous étions déjà fiers de ce que la vigne ne sortirait pas de la paroisse, messire notre curé en était ravi, et voilà que malheureusement tout est perdu.

— Comment donc ? demanda un nouvel arrivant.

— Je vous l'ai déjà dit, continua le sacristain, c'est l'enfant de Simon, le magister d'Echenoz, qui vient d'être dévoré par le pourceau de la veuve Turlu. Ses parents devaient avoir la vigne de la Motte pas plus loin que ce soir ; ils ne l'auront pas, car le pauvre petit est mort, et la mère est devenue folle.

— Et le pourceau, qu'en fera-t-on ? demanda une jeune fille qui écoutait ce récit avec la plus grande attention.

— Belle demande ! répliqua le sacristain, son affaire est claire. Messire notre vicaire l'exorcisera, on lui fera son procès, et il sera pendu comme un sorcier, un enragé, un démoniaque qu'il est ; mais, en attendant, bonsoir la vigne de la Motte, adieu le bonheur pour ces pauvres gens ! notre paroisse n'aura rien, les étrangers emporteront tout ! »

Guillemette aurait bien voulu en savoir davantage, mais l'air convaincu du sacristain qui partait pour aller exposer le cas au vicaire, lui prouva que ce récit n'était point inventé à plaisir, et il suffit à la convaincre que la vigne de la Motte n'appartiendrait qu'à elle seule.

Ses sentiments chrétiens et son bon cœur l'emportèrent pourtant sur les considérations d'intérêt personnel, et lui firent plaindre sincèrement la famille rivale qui échouait au port. « Pauvres gens, dit-elle, combien je les plains ! Comme c'est triste d'être heureux jusqu'au dernier moment, et de voir échapper le bonheur au moment où il allait être complet.....

— C'est vraiment bien triste, murmura Guillaume, d'un air préoccupé et distrait. »

A quelques pas de là, un chemin raviné, large de six pieds et bordé de haies touffues, se présentait sur la droite et conduisait droit aux vignes. Nos promeneurs s'y engagèrent en silence. La pensée du bel héritage qui allait être en sa possession chassa les idées tristes de Guillemette, et domina toute autre pensée.

« Quel affreux chemin ! dit-elle ; comme il est mal entretenu ; il me semble qu'on pourrait à peu de frais le rendre meilleur. En obligeant les vignerons à y conduire chaque année quelques voitures de pierres, ce ravin, car ce n'est pas autre chose, deviendrait facilement praticable. En êtes-vous d'avis, Guillaume ?

— Très fort d'avis, mais nous avons le temps d'y penser.

— Voici un sentier gazonné qui nous offre un chemin bien plus doux, continua Guillemette ; nous sommes au bout de notre vigne, contournons seulement la haie pour monter jusque vers ces trois arbres qui sont à cinquante pas des murailles du château ; j'y vois une pelouse où nous pourrons nous reposer et jouir d'une vue qui nous réjouira certainement.

— Comme vous voudrez, dit le placide Guillaume. »

La haie qui bordait la vigne seigneuriale ne trouva pas grâce aux yeux de Guillemette. « Je ne comprends pas, dit-elle à son mari, comment le sire de Faucogney peut souffrir de pareilles brèches dans cette haie, et supporte que sa meilleure vigne soit ouverte à tout venant. Mais patience, cela ne durera guère. Au lieu de ce mauvais troëne avec le fruit duquel les vignerons font du vin de contrebande, on plantera un double rang d'épines noires, que les maraudeurs apprendront bientôt à respecter.

— Que d'ouvrage vous allez entreprendre à la fois, Guillemette !

— Mon cher ami, nous sommes jeunes, il faut penser à mettre tout cela en ordre pour en jouir longtemps, et en faire jouir nos enfants. Il ne faut jamais renvoyer au lendemain ce qu'on peut faire le jour même. Qui empêcherait de replanter cette haie en automne? Elle aurait ainsi une avance d'un an, et sous peu la vigne serait convenablement défendue.

— Ce n'est pas moi qui veux y mettre opposition, murmura Guillaume! J'admire comme vous disposez sagement toutes choses.

— Enfin, nous voici arrivés à la pelouse; voyez donc quel magnifique coup d'œil, continua toujours l'intrépide organisatrice; comme une petite maison de campagne serait bien placée ici! Nous la bâtirons, entendez-vous, Guillaume, nous y mettrons une petite tour avec une girouette; ne sommes-nous pas libres et propriétaires? Elle nous servira de demeure à l'époque des vendanges, et nous dédommagera de la monotonie de nos bois de Quers et de nos marécages de Franchevelle. Oui, j'aime cette rivière qui serpente à travers la prairie! Savez-vous que, même en temps de sécheresse, ses nombreux replis permettent d'apercevoir ses eaux en trente-cinq endroits différents? D'ici même, on peut apercevoir dix-huit ou vingt villages. Comme ce sera commode aussi pour avoir de l'eau! Voici à quelques pas une belle source entourée de cresson toujours vert. Ils n'ont rien de pareil au château. Ils n'ont que des citernes avec un puits dont ils tirent l'eau au moyen d'une corde longue comme la route de Quers à Lure. Fi donc! je déteste cette eau de puits et de citerne!

» Nous ferions le jardin potager près de la fontaine, jusqu'à cet endroit que les vignerons de Vesoul appellent le Creux des six heures. Nous aurons du large; songez donc que la vigne contient à l'heure qu'il est quatre-vingts ouvrées, et qu'on peut encore l'agrandir...

— Que vous connaissez bien toutes ces choses, interrompit Guillaume; qui donc vous les a apprises?

— Croyez-vous que ce matin, pendant qu'on vous rasait à l'enseigne de la grande sainte Catherine, je n'ai pas demandé des renseignements à la femme du perruquier?

— Qui vous a parfaitement instruite, à ce qu'il paraît.

— Je le crois bien, cette brave femme en sait long par son mari, qui jouit de la confiance du château et de la pratique des gens les plus huppés du pays. Elle m'a fait connaître les meilleurs endroits de la vigne, le prix du travail et de l'entretien de chaque année, et même les débouchés que l'on trouve pour placer le vin. J'étais bien contente d'avoir la moitié de cette vigne, mais maintenant que nous allons la posséder tout entière, j'espère bien, Guillaume, que vous ne serez pas ridicule, en me refusant ce que je vais vous demander. Promettez-moi que vous y consentirez.

— Je ne promets rien, dit résolûment Guillaume. Parlez d'abord, puis nous verrons s'il y a lieu de vous satisfaire; voilà déjà tant de projets depuis un quart d'heure, que je suis comme perdu au milieu de vos plans. »

Guillemette, surprise de ce brusque revirement, ne savait qu'en penser; mais elle était si habituée à prendre le dessus en toute occasion, qu'elle crut pouvoir braver l'orage qui se formait. « Certainement, mon cher Guillaume, reprit-elle en adoucissant sa voix, vous ne me refuserez pas. Il y a dans cette encoignure à gauche, une petite parcelle de trois ouvrées, destinée à la production du vin blanc. Je ne demande que ce coin pour moi, et veux avoir du vin à ma disposition pour en offrir à mes amies de Luxeuil, de Lure, de Citers et d'ailleurs. Vous en êtes bien d'avis, n'est-ce pas?

— Non certes, je n'en suis pas d'avis. Ce serait par trop ridicule de débuter ainsi ; on y verrait la preuve de ce qu'on nous a reproché ce matin, quand on a dit que je n'étais pas le maître chez moi, et qu'en ayant l'air de régner, je ne gouvernais pas. Si je cède cette fois à vos exigences, vous perdrez votre réputation, qui est déjà compromise, ainsi que le disait notre très révérend archevêque ce matin.

— Et qu'a-t-il dit?

— Vous l'avez entendu aussi bien que moi ; il a dit : *Parum pro nihilo reputatur*, ce qui signifie : Guillaume est plus réputé que Guillemette. Ce n'est pas moi qui l'invente.

— Et depuis quand êtes-vous si fort sur le latin?

— Depuis que vos exigences me fatiguent et me font passer aux yeux du public pour un homme ridicule et sans énergie.

— Ah! Guillaume, Guillaume, vous ne m'aimez plus, s'écria Guillemette en versant des larmes où le dépit se mêlait à la douleur ; voilà déjà quelque temps que je m'en aperçois. Mon Dieu, que je suis donc à plaindre!... »

A ce moment, Guillaume crut entendre un éclat de rire moqueur de l'autre côté de la haie derrière laquelle il était assis avec sa femme ; un bruit de pas légers froissant les feuilles à moitié sèches sembla succéder à ce rire. Guillaume se leva, écarta les branches pour regarder à travers le feuillage, mais il ne vit rien. Touché de la douleur de sa femme, qui pleurait toujours, il ne put supporter l'idée de lui faire plus longtemps de la peine, et lui accorda sa demande, lui octroyant tout le vin blanc qu'elle pourrait désirer.

Le son retentissant des cors et des trompettes du château sembla célébrer la réconciliation des époux ; le bruyant concert de ces instruments annonçait le départ de la cour pour le Marteroy, où une cérémonie religieuse devait avoir lieu, à la demande de l'impératrice.

A six heures du soir, au retour de cette cérémonie, la foule encombrait les avenues du château. Les juges, les évêques, les seigneurs, étaient à leur poste ; l'empereur et l'impératrice prirent place au trône, et au milieu d'un profond silence, le prieur du Marteroy prit la parole, sur l'invitation du chancelier de l'empire.

Le discours du prieur fut véritablement éloquent. Il félicita d'abord le pays d'avoir pour juges, dans cette cause de haute moralité, les nobles époux qui étaient le plus capables de l'apprécier, par le bonheur dont ils jouissaient sur le premier trône du monde, exemple trop beau et surtout trop rare pour n'être pas cité, ajoutait l'orateur, en face des nombreuses déceptions dont l'honorable assistance a dû entendre le lamentable récit ce matin.

« La grande erreur des concurrents a été de croire que le bonheur parfait est possible sur la terre. Ils ne se sont point souvenus que la terre est un lieu de combats, d'épreuves et de sacrifices pour les époux, plus encore que pour le reste des hommes. Certes, il serait injuste de leur en faire un crime ; il est bon que les illusions des époux ne se dissipent qu'à la longue ; le temps, la patience et l'expérience sont les meilleurs des maîtres ; ce sont les seuls qui puissent instruire dans le mariage, et, avec le secours de la foi, aider à porter un fardeau auquel nul ne doit se soustraire lorsqu'il se l'est imposé. Ne condamnons point ceux qui ont présumé de leurs forces ; plaignons-les plutôt d'avoir cédé à de généreuses illusions. »

Examinant ensuite avec une profonde connaissance du cœur humain les différentes causes qui avaient écarté les concurrents, le prieur faisait un tableau saisissant des mœurs de l'époque ; il en tirait les enseignements les plus élevés, à l'usage des parents, qui doivent avec prudence disposer leurs enfants à des devoirs aussi sérieux que le sont ceux du mariage ; et à l'usage des jeunes gens, qui, voyant le bonheur où il n'est pas, prennent les entraînements du cœur pour le présage infaillible d'une félicité parfaite.

« Triste théorie du bonheur, que celle qui n'en fait un état purement moral de l'âme, indépendant des richesses et des plaisirs ! Alors même que toutes les qualités de l'âme, de l'esprit et du cœur sont réunies, le bonheur peut encore fuir loin de nous. Qui peut nous délivrer des chagrins de famille ? Qui peut nous mettre à l'abri des atteintes de la maladie et des coups de la mort ? »

Venait ensuite un dramatique tableau de l'accident arrivé le jour même à l'un des meilleurs concurrents. Au lieu du couple fortuné qui sortait joyeusement de cette enceinte, nous avons des parents inconsolables, pleurant sur le berceau vide de leur enfant! La critique n'a pas épargné le seul mariage vraiment heureux qui nous reste, et si les juges, dans leur indulgence, lui décernent le prix, nous nous souviendrons qu'il en reste *un*, pour ne pas décourager et désespérer les futurs époux, mais qu'il n'en reste qu'*un*, pour leur apprendre combien le bonheur est rare en ce monde, et combien c'est folie d'y compter.

Pendant ce discours, Guillaume et Guillemette, assis au bas de l'estrade sur des tabourets d'honneur, semblaient mal à l'aise sous les regards de l'assistance. Mais quand Guillemette vit que le sire de Faucogney, tenant à la main un cep et un bâton, allait le lui donner en signe de transmission de l'immeuble, et qu'un clerc de la cour se disposait à faire lecture de la charte de cession, elle reprit contenance, essuya furtivement une larme qui avait perlé sous ses paupières, et se tint prête à monter les degrés du trône. L'heure du triomphe avait enfin sonné.

Tandis que l'heureux couple mettait le pied sur la première marche, un grand bruit de sonnettes attira l'attention de la cour.

Le fou du sire de Faucogney, s'étant glissé à travers les rangs des seigneurs et des chevaliers, se présenta devant le trône impérial en faisant une profonde inclination.

A la vue du grotesque personnage, Barberousse fronça le sourcil : « Que veut ce bouffon, dit-il? Qu'on le chasse sur-le-champ !

— On va lui donner les étrivières, se hâta de répondre le chancelier Reinald.

— Je demande grâce pour lui, dit l'impératrice. N'est-il pas dans son rôle quand il agit de travers?

Cependant, Bibi ne se troublait point ; sa voix claire et perçante fit entendre ces paroles :

« J'en appelle !

— De quoi te plains-tu ? A qui en appelles-tu, demanda Reinald avec impatience?

— J'en appelle du jugement qui vient d'être porté. J'en appelle à Leurs Majestés mieux informées. Ces gens ne sont pas dignes d'avoir la vigne de la Motte ; ils ont été malheureux aujourd'hui même !

— Nous sommes perdus, murmura Guillemette en s'appuyant sur le bras de son époux. Guillaume, soutenez-moi... »

Un nuage passa sur ses yeux, ses genoux chancelèrent, la honte la suffoquait ; en vain cherchait-elle une issue pour se dérober à tous les regards, bientôt elle ne vit et n'entendit plus rien.

Il fallait abréger cette scène. « Le fou a-t-il dit vrai, demanda le prieur du Marteroy à Guillaume?

— Parfaitement vrai, révérend Père; je renonce à la vigne, et ne demande qu'à sortir d'ici au plus vite. Si ma femme a été ambitieuse, elle est assez punie. »

On se hâta d'emporter Guillemette, qui était évanouie, ou faisait, du moins, semblant de l'être. Plusieurs la regardèrent passer avec un sourire moqueur; d'autres se sentaient saisis d'une vraie pitié, en voyant ce diadème de félicité, cette couronne d'honneur, métamorphosée si brusquement en un fardeau d'humiliations, un poids immense de honte. Les gens de la cour, clercs, juges ou seigneurs, étaient partagés d'opinion ; l'impératrice se faisait raconter par l'accusateur les détails de la discussion des époux au sujet du vin blanc ; l'empereur, l'archevêque de Cologne, s'entretenaient avec le sire de Faucogney et le prieur du Marteroy ; pendant quelques minutes, chacun donna libre cours à ses réflexions ; on attendit avec une curiosité inquiète la décision impériale et la solution des difficultés pendantes ; ce fut encore le prieur du Marteroy qui fit connaître à l'assemblée les volontés du souverain et les dispositions du sire de Faucogney.

« Après l'incident dont vous venez d'être témoins et l'aveu des parties, qui reconnaissent que leur bonheur a été troublé aujourd'hui même, chacun comprend que la décision prise doit être rapportée, et qu'il n'y a plus lieu de décerner le prix, puisque personne ne se trouve en mesure de l'obtenir légitimement.

» Le sire de Faucogney conservera donc sa vigne, comme chacun conservera le souvenir de ce jour, qui nous apprend d'une manière si éclatante, combien le bonheur est difficile à rencontrer sur la terre.

» Vous apprendrez avec plaisir que l'impératrice, notre gracieuse souveraine, voulant témoigner ses sympathies aux époux qui ont concouru ce matin, leur accorde à chacun dix pièces d'or, que son trésorier leur remettra dans la soirée.

» En outre, le noble sire de Faucogney, notre seigneur, ayant égard au mérite particulier des époux qui avaient obtenu le prix et devaient l'obtenir jusqu'à midi de ce jour, donne à Simon le magister dix arpents de terre, à prendre dans ses vignes de Vaivre et d'Echenoz ; à Guillaume de Quers et à Guillemette, sa femme, dix arpents à prendre dans ses vignes de Dambenoit (1) ; et, à sa demande, le révérend prince abbé de Luxeuil veut bien y joindre, à prendre dans ses vignes d'Ailliers, deux arpents destinés à produire le vin blanc, objet des prédilections de l'épouse.

» J'ai dit. La séance est levée. »

Des acclamations enthousiastes accueillirent cette décision si noble et si généreuse.

Guillemette, à qui on la fit aussitôt connaître, se consola bien vite de son malheur en disant : « Je préfère encore ces vignes à celle de la Motte ; elles sont tout près de notre demeure, et nous pourrons en faire la récolte sans nous déranger.

En reconnaissance de ce dénonement, qui dépassait de beaucoup ses prévisions, elle fit brûler un grand cierge en l'honneur de Notre-Dame du château de Vesoul, et il brûlait encore qu'elle visitait déjà ses nouvelles propriétés.

Le lendemain, l'empereur Barberousse quittait le château de Vesoul, où il ne revint jamais. Il se souvint longtemps de ce château et de la singulière cause qu'on y avait débattue devant lui. L'impératrice l'oublia bien moins encore, et dans les moments de tristesse qui assombrirent souvent sa trop courte carrière, elle se demandait quelquefois avec amertume : « Pourrais-je prétendre à la vigne de la Motte ? »

Béatrix aimait son château de Vesoul, et en le reprenant en fief de l'archevêque de Besançon, comme comtesse de Bourgogne, elle reprochait à ce prélat et à ses prédécesseurs d'avoir inféodé une place qu'ils tenaient directement de l'empire (2).

Les Allemands, qui, selon la prédiction du sire de Rouchamp, s'étaient *refaits des privations antérieures*, quittèrent Vesoul à regret, et en emportèrent le meilleur souvenir. Le commandant de l'avant-garde fit écrire dans le chartrier de son château, par le chapelain chargé de rédiger le récit de son voyage : « Vesoul, meilleur pays du comté de Bourgogne ; pain frais, bière, jambons et fourrages en quantité. Les choux y prospèrent ; fontaines de vin. Nos troupes y ont fait quinze repas en trois jours. »

Le sire de Faucogney accompagna ses illustres hôtes jusqu'à Colmar,

(1) Les sires de Faucogney avaient dans ces trois villages de belles vignes, qui passèrent dans la suite au prieuré du Marteroy, aux ducs de Bourgogne et au domaine royal. (Chambre des comptes, V, 186.)

(2) Sentence de Mayence, 1188

et son premier soin, quand il fut de retour, fut de récompenser les fidèles serviteurs qui lui avaient aidé à conserver sa vigne. Grégoire Musquin vit sa gratification de douze channes changée en une rente d'un muid, payable, jusqu'à la fin de sa vie, le jour de sainte Catherine, sa bien-aimée patrone. Il jouit de cette rente pendant vingt-cinq ans, et quand il venait à parler de son vin de la Motte, il ne lui fallait jamais moins de six heures pour en raconter l'histoire, encore ne pouvait-il tout dire.

Bibi Gousse-d'Ail refusa le petit domaine de Quiquengrogne (1), que le sire de Faucogney voulait lui donner en l'affranchissant. Ce bouffon avait un noble cœur ; en échange d'un domaine qui n'aurait rien ajouté à son bonheur, il demanda la liberté pour ses parents, une dotation pour le curé de Brotte, son bienfaiteur, et pour lui-même la permission de vivre et de mourir au service de son bon maître Gislebert, avec celle de faire des pèlerinages et de représenter des mystères quand bon lui semblerait.

Le sire de Faucogney n'eut pas de peine à octroyer des demandes aussi bien motivées qu'elles étaient modestes.

Le passage de l'illustre prince aux cheveux dorés et de sa douce compagne laissa des souvenirs durables dans la terre de Faucogney. Quand son fils, l'empereur Henri, vint visiter nos contrées trente-quatre ans plus tard, on parlait encore de la cour plénière tenue au château de Vesoul le 24 septembre 1162, comme d'une fête incomparable. Henri VI, homme violent et altier, ne fit que mieux ressortir par ses défauts les qualités de ses illustres parents. Quand il traversa Quers (2), en 1196, Guillaume et Guillemette, dont les cheveux avaient blanchi, l'acclamèrent comme les autres, mais ne purent s'empêcher de dire : Que notre empereur est loin d'avoir la dignité de son père et la bonté de sa mère !

La cour plénière s'oublia, la dynastie des Hohenstaufen disparut, la Franche-Comté se détacha de l'empire ; à peine quelques antiquaires savent-ils aujourd'hui que sur l'humble colline vésulienne, le plus illustre monarque du moyen âge vint un jour déployer sa puissance ; mais le peuple, qui s'est transmis de siècle en siècle des souvenirs inexpliqués par nos historiens, se rappelle encore deux choses : La première, c'est que César recula devant la mer de Vesoul ; la seconde, c'est qu'il est si difficile d'obtenir la vigne de la Motte, que depuis sept cents ans le con-

(1) Quiquengrogne est dans la forêt des Vosges, territoire d'Ambiévillers (Haute-Saône).

(2) On a une charte donnée en 1196 par l'empereur Henri et écrite « sur le chemin qui conduit de Lure à Luxeuil. » Quers marque à peu près le milieu de ce chemin.

cours est ouvert, et que tous les jeunes époux qui ont prétendu l'emporter, ont été réduits à se dire, moins d'un an après leur mariage : Et moi non plus, je n'aurai pas la vigne de la Motte !

XV.

J'avais à peine achevé la lecture de la légende, que les sentiments des auditeurs se montrèrent au grand jour. Albéric et Albert battirent des mains, deux ou trois autres amis crièrent bravo ; mais, en revanche, un gros monsieur, de Briaucourt, dont les bâillements prolongés avaient plus d'une fois décelé l'ennui, grommela quelques mots donnant à entendre que ce qu'il trouvait de plus beau..., c'était la fin.

Sa somnolence était d'autant plus excusable qu'il n'aime que le genre sérieux, et qu'il était venu à pied depuis Corre dans la matinée.

Albéric fut piqué de ce qu'il regardait comme un manque de convenance. « Vous dites, Monsieur, que dans cette légende le fond ne vaut pas mieux que la forme. Je regrette que vous n'ayez pas entendu les explications données par Amédée sur la manière d'être et d'écrire du capitaine Tranchant. La forme est vive et originale comme il l'était lui-même. Son style pourrait être plus recherché sans doute, mais il me semble qu'il est coulant, facile à lire, et ne porte nullement à la mélancolie et au sommeil. Est-ce d'ailleurs dans une légende, écrit moitié léger, moitié sérieux, qu'il convient d'emboucher la trompette épique ?

—En littérature, comme en toute autre chose, on ne peut guère disputer sur les goûts, répondit le gros homme ; moi je préfère le grave au plaisant, et l'utile à l'agréable. Si votre capitaine voulait écrire de l'histoire, que ne faisait-il, par exemple, comme a fait dom Grappin, d'Ainvelle, cousin issu de germain de ma défunte mère. Voilà un homme sérieux, qui écrit posément, et a toujours dans son arsenal des pièces à l'appui de ce qu'il avance !

— J'en conviens très volontiers, mais c'est justement parce que dom Grappin et ses consorts sont trop sérieux qu'on ne les lit guère. Vous ne trouveriez pas dans toute la Franche-Comté un éditeur qui voulût offrir au public sa volumineuse histoire de Luxeuil, telle qu'il l'a écrite, et cet ouvrage, fort estimable du reste, n'aura jamais les honneurs de l'impression, parce qu'il ne trouverait que fort peu de lecteurs.

— Ajoutez à cela, interrompit Albert, qu'il faut prendre l'humanité telle qu'elle est, et non telle qu'on voudrait la voir. Or l'humanité au XIXe siècle a horreur des gros livres et des livres trop sérieux. L'honorable exception que monsieur fait à la règle, ne sert qu'à la confirmer. Le capitaine Tranchant, tout en n'écrivant pas pour le public, connaissait son monde. Au lieu de présenter l'histoire locale avec ces détails secs et arides et ce style monotone qui conviennent à un commissaire-priseur inventoriant les archives d'un notaire, il la vivifie et l'anime en quelque sorte. Sous sa plume, elle prend un corps, elle revêt des formes sensibles, elle agit, elle parle à l'esprit et quelquefois au cœur. Par une mise en scène rigoureusement conforme à l'histoire, il évite l'écueil contre lequel la plupart de nos chroniqueurs voient briser leur barque, et quelquefois sombrer leurs fonds. Il me semble que cette méthode en vaut une autre. Quant aux citations, j'admets fort bien que les gens sérieux les exigent, et sont dans leur droit; mais il faut reconnaître aussi que les gens frivoles, qui sont en majorité, s'en occupent fort peu, et que quand ils voient un livre hérissé de notes justificatives et de textes français ou latins, ils reculent et disent: C'est un ouvrage savant, je n'en suis pas! Au reste, le capitaine, qui avait horreur de la pédanterie, ne voulait pas faire étalage de ces notes; mais je suis persuadé qu'elles existent, comme nous l'annonçait son estimable neveu en commençant la lecture.

— A ce compte, riposta le critique, vous admettez qu'à part la mise en scène, l'auteur peut appuyer tout ce qu'il dit sur des autorités sérieuses.

— Certainement, je l'admets; et je suis sûr que le neveu doit être prêt à rendre raison de toutes les allégations de l'oncle. Ai-je dit vrai, Amédée?

— Ce serait présomptueux de répondre oui; mais si vous voulez me faire vos observations, je crois être à même d'y répondre d'une manière satisfaisante.

— Eh bien, soit, dit notre gros Aristarque. D'abord, le nom de ses héros me paraît ridicule. Est-il permis de s'appeler Bibi Gousse-d'Ail, Martin Blancpoil ou l'abbé Sifroi? Je croyais la tradition des sires de Faucogney bien autrement merveilleuse. Qui est-ce qui s'est jamais avisé aussi de donner le nom d'abbaye au chapitre de Calmoutier? Saint Pierre de Tarentaise est-il jamais venu à Bithaine, et Frédéric Barberousse à Vesoul? Si Vesoul était une ville romaine ou le chef-lieu du comté de Port, ainsi que l'ont démontré plusieurs dissertations, comment se fait-il qu'il n'avait pas seulement une église paroissiale au XIIe siècle, tandis qu'on en trouve dans de simples hameaux? Et les foires de Ronchamp, qui en a jamais entendu parler? Quelles relations pouvait avoir le curé de Rioz avec le prieur du Marteroy, et pourquoi se plaindre du curé de Faverney, qui était peut-être le meilleur curé de son temps?

Voilà des observations, et il y en aurait, sans doute, bien d'autres à faire, si j'avais tout entendu.....

— Permettez que j'y ajoute encore les miennes, dit le pétulant Albéric. Je trouve pour ma part le capitaine trop exclusif quand il dit que notre département est bien arriéré pour les publications historiques. Il me semble mal inspiré quand il fait entretenir les armes et raccommoder les arbalètes du château par un perruquier comme Grégoire Musquin. Ne se hasarde-t-il pas un peu dans les intentions qu'il prête à Frédéric Barberousse? Quelle idée saugrenue de faire tourner un chien galeux autour de la Motte pour traîner l'écusson d'un chevalier coupable, et d'annoncer par la bouche d'un sacristain qu'un pourceau sera exorcisé et pendu!

—Voilà bien des objections, Messieurs, et si j'ai besoin des notes de mon oncle, j'ai besoin aussi de votre indulgence pour y répondre. Commençons par vous, Albéric.

Vous reprochez au capitaine d'avoir rabaissé la gloire du département et de ses écrivains, en disant qu'à part l'*Histoire de Gray*, nous n'avions pas d'ouvrage spécial traitant notre histoire. Il aurait pu, sans doute, y joindre les Monographies de Lure et de Cherlieu; mais pouvait-il parler de la *Galerie biographique de la Haute-Saône* et du *Dictionnaire des communes du département,* puisque ces ouvrages n'étaient pas nés?

L'*Histoire de Jonvelle,* la monographie la plus complète que nous ayons jusqu'à présent, n'avait point encore paru; celle de Faverney était à l'état de prospectus et aurait pu y rester sans inconvénient pour le public, qui se contentait du travail de dom Grappin. On ne prévoyait pas encore le moment où M. l'abbé Brultey se déciderait à donner au public les chroniques monastiques qui lui ont valu à quatre reprises différentes les récompenses de l'Académie de Besançon (1), pas plus qu'on ne prévoit le moment où M. Ch. Gauthier fera connaître aux amateurs le résultat de ses curieuses recherches sur Oiselay et sur Marnay. J'avoue bien volontiers que depuis trois ou quatre ans nous avons fait de vrais progrès et de précieuses acquisitions; mon oncle y eût applaudi tout le premier.

Quant au raccommodage des arbalètes du château par le barbier de Vesoul, cela repose sur un document historique incontestable, sur le compte des dépenses du château, où l'on voit qu'on payait « 5 sols 1/2 par arbalète, grosse ou menue, remise à point (2); » seulement le titulaire

(1) L'*Histoire de l'Abbaye de Clairefontaine* est sous presse.

(2) Chambre des comptes, B, 1688.

s'appelle Jean Milat, au lieu de se nommer Grégoire Musquin. Qu'importe le nom, puisque la chose est réelle ?

Les intentions de Barberousse ne lui sont nullement prêtées à titre gratuit. Je lis ici, en marge de toutes les citations, l'indication de leur source. Elles sont tirées de contemporains assez connus, puisqu'ils s'appellent Jean de Salisbury, Pierre de Blois, et le pape Alexandre III dans sa correspondance.

L'idée de faire traîner par un chien galeux l'écusson brisé d'un chevalier coupable peut être originale, mais elle n'est autre que l'application de la peine infamante décernée par le droit d'alors contre les félons et les traîtres.

L'idée d'exorciser et de pendre un pourceau, toute saugrenue qu'elle paraisse, pouvait si bien germer dans le cerveau d'un homme du XIIe siècle, fût-il même sacristain, que longtemps encore après on fit à ces animaux et à bien d'autres les honneurs d'une procédure en règle. On n'en saurait donner de meilleures preuves qu'en vous renvoyant, comme le fait le capitaine, aux archives de Dijon, où vous trouverez à la date de 1393 la note suivante (1) : « Item, payé à Nequando Vigueur, » bourreau de Besançon, pour le faict d'avoir pendu une truie qui avait » dévoré un enfant, septante-cinq sols, cy, LXXV sols. »

Vous y trouverez aussi, sous la date de 1413, des lettres patentes du duc et comte de Bourgogne, permettant au seigneur de Tréchateau d'élever des fourches patibulaires, « pour y pendre une truie malfaisante, » que ses officiers retenaient en prison depuis cinq ans. »

— Voilà des explications satisfaisantes, dit Albéric, et je m'avoue vaincu. Mais que dites-vous de Bibi Gousse-d'Ail, Martin Poilblanc, et de tout ce qui s'ensuit ?

— Je dis que Bibi Gousse-d'Ail est un nom parfaitement en harmonie avec l'époque où on le portait. Prenez votre dictionnaire, et vous verrez que *stica* veut dire gousse d'ail. C'est Columelle qui l'a décidé, ce n'est pas le capitaine Tranchant qui l'invente. Au moyen âge, chacun avait un surnom. N'avons-nous point parmi les grands : Louis le Fainéant, Richard Cœur de Lion, Henri le Loup, Etienne Tête Hardie, Gauthier sans Avoir, Pierre le Cruel, Charles le Sage et Jean sans Peur ? Ainsi, parmi les hommes du peuple, chacun ajoutait à son nom le nom de son père ou l'indication du métier qu'il exerçait lui-même. Dans les chartes de la Haute-Saône, j'en trouve mille exemples : un berger s'appelle (2)

(1) B, 1461.

(2) Hugo ligans vaccam..... Robertus scindens guerram. (Cart. d'Acey et de Corneux, 1152-1184).

Hugo qui lie la vache ; un forgeron se nomme Robert qui fend la guerre, parce qu'il fabrique des épées ; un homme léger à la course s'appelle Pierre Jambe de Cerf, etc. Quant aux le Blanc, le Roux, le Gras, le Riche, le Gai, le Renard, la Belette, ils sont innombrables. Si vous trouvez Bibi Gousse-d'Ail ridicule, que direz-vous de l'ingénieur en chef du duc de Bourgogne, qui réparait nos fortifications et nos digues au XVe siècle : il s'appelait Jean le Chien (1) ! ou du conseiller de la cour des comptes qui approuvait en 1430 les dépenses effectuées à la vigne de la Motte : il s'appelait, sauf votre révérence, Barthélemy à la Truye (2). Cela valait-il Martin Blancpoil ou l'abbé Sifroi ? car pour l'abbé Sifroi, je n'y puis que faire, mais c'est vraiment son nom, et dom Grappin en personne ne lui en donne pas d'autre. Du reste, vérifiez les noms des grands personnages cités, et vous verrez qu'ils existent réellement, et figurent comme témoins dans toutes les cours plénières tenues par l'empereur.

La légende du sire de Faucogney ne contient pas mal de merveilleux, puisqu'il échappe à la mort et trouve le secret de faire mille lieues en quelques heures de sommeil. Elle est exposée d'après la tradition de l'abbaye de Bithaine et du pays ; si quelque amateur songe à l'embellir, il a toute liberté de le faire, comme de contrôler la description du site et les chartes de fondation de Bithaine.

Le premier qui s'est avisé de donner le nom d'abbaye au chapitre de Calmoutier, est le pape saint Léon IX, qui dans une bulle datée de l'an 1049, confirme la donation de l'abbaye de Calmoutier à Saint-Jean de Besançon (3). Ses successeurs, entre autres Grégoire VIII, ont (1187) donné le titre d'abbé au doyen, qui le prend d'ailleurs dans les actes publics où il figure (4) en qualité de juge (1169). En suivant leurs traces, le capitaine ne se compromet guère.

Pour se convaincre que saint Pierre de Tarentaise a séjourné à Bithaine, il suffit d'ouvrir sa vie écrite par Geoffroi d'Hautecombe, ou de lire Surius et les Bollandistes au 8 mai. On verra comment le Ciel se déclara pour lui, et obligea l'abbé à le bien recevoir.

La cour plénière tenue par Frédéric Barberousse à Vesoul, au retour de Saint-Jean-de-Losne, est un des faits les plus certains de notre histoire locale. La date, les personnages, le jugement du prévôt de Mathay, ont été conservés avec la plus scrupuleuse exactitude. L'absence d'église

(1) Inventaire des archives de Bruxelles.
(2) Ibid.
(3) Abbatiam de Colemonasterio. (Cart. Arch. Bis.)
(4) Wido, abbas Calmosiaci. (Cart. Bethaniæ, II, 224.)

paroissiale à Vesoul ne prouve rien contre l'importance du château, qui, outre sa chapelle dédiée à Notre-Dame et à saint Michel, avait encore le Marteroy pour satisfaire à la dévotion de ses habitants ; elle prouve seulement que, faute de données suffisantes, on a exagéré de beaucoup l'importance de la ville.

Une indication précise, tirée des archives de l'ancien chapitre (1), prouve que les prétentions du vicaire de Saint-Georges à secouer le joug du prieuré et de l'église paroissiale étaient réelles. La cause ne fut jugée qu'en 1165, et le turbulent messire Arnoux fut obligé de se soumettre au prieur et, qui plus est, d'aller manger et coucher au Marteroy.

Il est probable que sans les efforts réitérés des prieurs, l'érection de la paroisse n'aurait pas eu lieu à leur profit, et encore ce fut le pape Innocent IV qui se mêla de cette affaire (1247) (2).

Si les foires de Ronchamp ne font pas autant de bruit que celles de Beaucaire, on n'en peut rien conclure, sinon que, comme bien d'autres institutions, elles ont disparu avec le temps. Mais on trouve aux archives de Dijon (3) une charte originale de 1271, dans laquelle Othon, comte palatin de Bourgogne, considérant leur importance et voulant la maintenir, prend sous sa protection tous ceux qui s'y rendent ou qui en reviennent.

Ne croyez pas non plus que les relations du chapelain de Rioz avec le Marteroy, et les accusations portées contre le curé de Faverney, sont de pure fantaisie. Le prieur Humbert était né dans les environs de Rioz; du moins, il y possédait des biens qu'il donna, soit à Bellevaux, soit au Marteroy, qui les garda jusqu'au XVIIe siècle (4). Il devait naturellement connaître le curé d'une paroisse où il était propriétaire, et, voyant en lui un homme capable, il n'avait rien de mieux à faire que de lui confier le rapport.

Le chapelain de Faverney n'en était pas à sa première épreuve. Déjà longtemps auparavant, saint Bernard avait dénoncé sa conduite équivoque (5), l'accusant de se mêler trop d'affaires extérieures, et conseil-

(1) Arch. de la Haute-Saône, G, 38.

(2) Facta est (erectio) interventu D. Villelmi, quondam archiepiscopi Bisuntini,.... tempore felicis recordationis SS. DD. nostri D. Innocentis papæ quarti..., etc. (*Mémoire de Jean de Felyens*, 1472.)

(3) B, 1060.

(4) Humbertus, prior de Martereto, laudantibus canonicis Ticelino, Vidone, Gysleberto et reliquis, dedit ecclesiæ Bellevallensi quidquid habebat in Fonte Lanæ (Filain)..., etc. An. 1159. (Cart. Bellev.)

(5) Lettre à l'abbesse Odiarde.

lant à l'abbesse de le renvoyer, ce dont elle ne put venir à bout, car il était aussi intrigant qu'il était peu régulier. Pour être juste, je dois remarquer que saint Bernard n'a jamais flatté les moines et les clercs comtois, quand il s'agissait de défendre ses frères de Cherlieu ou de Clairefontaine, mais les plaintes contre le chapelain étant réelles, on peut croire qu'elles étaient motivées.

— A ce compte, répliqua le critique, ce récit serait beaucoup plus sérieux qu'il n'en a l'air, et renfermerait une foule d'indications vraiment historiques.

— C'est, répondit Albert, une conclusion à laquelle on arrive forcément en face des citations que le capitaine épargnait aux lecteurs paresseux.

— Au reste, se hâta d'observer Amédée, vous pourriez vous convaincre du sérieux que mon oncle apportait à ce genre de travail, ou plutôt de récréation, car c'en était une pour lui, en jetant un coup d'œil sur la fin et en voyant les preuves sur lesquelles elle est appuyée.

— Est-ce que l'histoire n'est pas finie? exclamèrent deux ou trois voix en même temps.

— Elle l'est pour le vulgaire qui se contente d'un dénouement quelconque, elle ne l'est pas pour les amateurs, tant qu'ils peuvent se faire cette question : Qu'est devenue la vigne de la Motte ?

— La réflexion a bien son mérite, remarqua mon voisin, et j'aimerais, pour ma part, savoir ce que le capitaine aurait répondu à cette question.

— Rien de plus facile, car elle est résolue très nettement dans son manuscrit. Il s'est rendu compte de tout, et a poussé l'histoire de la vigne depuis le temps de Barberousse jusqu'aux vendanges de 1862. Il a même, à l'aide de documents assez précis, dressé un plan fidèle de la Motte, de la vigne et des lieux où se sont passés les faits principaux de la légende.

— L'histoire d'une vigne pendant 700 ans doit être bien monotone, observa l'impitoyable critique en se levant.

— Aussi, Monsieur, ne voulons-nous nullement vous obliger à en entendre la lecture, ce serait par trop abuser de votre patience, riposta vivement Albert, qui avait peine à se contenir. »

Quand le fier Aristarque se fut retiré, Albéric s'écria :

« Je donne dix mille francs à celui qui prouvera que les importuns n'ont pas leur utilité. Celui-là n'a-t-il pas fait gagner au capitaine le prix d'exactitude, à son neveu le prix de douceur, tandis qu'il a failli faire perdre le prix de modération à maître Albert.

— Soit, dit Albert, puisque je n'ai pas perdu le prix, je demande pour récompense à savoir ce qu'est devenue la vigne de la Motte, et j'exige cette fois toutes les citations et les preuves à l'appui, comme du temps de Chevalier et de dom Grappin.

— Vous l'avez voulu, Messieurs; votre désir sera satisfait, mais personne n'aura le droit de se plaindre. Nous commençons:

On écrit l'histoire d'une contrée, d'une province ou d'un canton; pourquoi n'écrirait-on pas l'histoire d'un champ ou d'une vigne, lorsque ce champ ou cette vigne ont une histoire?

Quand je parcours les livres qui me retracent l'histoire de tel royaume ou de tel comté qu'il vous plaira, je reconnais bien volontiers que ce sont les hommes et les événements qui forment la partie la plus intéressante du récit; mais peut-on nier que le territoire et les différentes vicissitudes qu'il doit éprouver, les transformations qu'il doit subir, soient dépourvus d'intérêt pour celui qui l'habite?

Un empire m'apparaît d'abord humble dans ses commencements et faible dans son origine, puis il grandit aux dépens de ses voisins, ou diminue à leur profit. Tour à tour, ses barrières sont solides, ses frontières inviolables, ou ses limites sont franchies et ses forteresses démantelées. Tantôt gouverné par un bon prince ou écrasé par un tyran, respecté par ses ennemis ou confisqué par des voisins avides de se l'annexer, il subit le sort de toutes les choses humaines, et, selon la remarque d'Horace, si le cours des ans lui enlève de nombreux avantages, il lui en apporte aussi de fort grands. C'est là l'invariable histoire de tous les lambeaux de terrain qui composent notre globe, qu'ils soient vastes comme l'empire de toutes les Russies, ou microscopiques comme la principauté de Monaco, les plus habiles n'en sauraient tirer autre chose, et si l'on a pu imprimer récemment deux magnifiques volumes in-4° sur l'histoire de cette principauté liliputienne, pourquoi ne pourrais-je pas écrire en quelques pages l'histoire authentique de la vigne de la Motte?

Cette fantaisie, qui ne me coûtera, du reste, que la peine de mettre par ordre chronologique des faits positifs enregistrés pendant sept siècles dans les papiers de trente générations de notaires et d'employés du domaine, porte sa morale avec elle. En montrant qu'un lopin de terre, témoin muet, mais vivant, des douleurs et des joies du passé, peut avoir dans sa modeste chronique des faits qui ne sont pas sans analogie avec ceux que représentent les annales des plus grands empires, ne prouvera-t-elle pas que dans les petites choses comme dans les grandes, l'humanité est faible, incertaine, sujette à l'erreur et destinée à des épreuves de toute sorte? Ne prouvera-t-elle pas que nous avons tort de nous étonner trop des changements et des révolutions, et de ne pas attendre l'avenir avec plus de confiance en Dieu que d'appréhension dans la malice des hommes?

Quand même les documents de l'époque sont muets sur le sort de la vigne que l'industrie de Bibi Gousse-d'Ail et de Grégoire Musquin avait si heureusement conservée à la maison de Faucogney, il n'est pas permis de douter qu'une ère nouvelle ne s'ouvrit pour cet héritage si convoité.

La vigne de la Motte devint historique dans le comté de Bourgogne, et les soins dont elle fut l'objet montrent assez que ses maîtres y attachèrent un grand prix.

Parmi les époques fameuses pour elle, nous citons d'abord l'année 1184.

En 1183, l'impératrice Béatrix avait repris le château de Vesoul en fief de l'archevêque de Besançon. Gislebert de Faucogney continuait à en jouir paisiblement, et songeait sans doute à reculer les limites de sa vigne, quand une série de mauvaises années vint anéantir ses projets. En lisant la chronique de Saint-Médard, monument contemporain et digne de foi, j'y trouve, à l'an 1184, cette phrase laconique et désolante : « Au mois de juin, toutes les vignes furent brûlées par la gelée, et les moissons aussi... ; l'année suivante, il y eut sécheresse terrible, la famine fut grande, et la peste emporta beaucoup de victimes (1). »

En revanche, la chronique de Saint-Denys enregistre le fait suivant, cinquante-cinq ans plus tard : « En cette année (1241), il ne tomba » aucune pluie depuis le dimanche après Noël jusqu'au jour de l'Exal- » tation de la sainte Croix (14 septembre). Le vin fut si fort, qu'on n'en » pouvait point boire sans y mettre de l'eau, et il y eut un mal d'yeux » général (2). » Je le crois bien! ce mal d'yeux atteignait sans doute ceux qui oubliaient de mettre de l'eau dans leur vin. Il faut que l'usage d'en mettre ait été bien rare, pour qu'une chronique grave ait pris la peine de le signaler.

La vigne de la Motte, qui avait dû souffrir beaucoup pendant les guerres de Méranie, soutint dignement sa réputation, et suivit la fortune de ses maîtres pendant le XIIIe siècle. Les prieurs du Marteroy, qui furent généralement en excellents termes avec les Faucogney, eurent le talent de s'annexer quelques parcelles de cet héritage que les successeurs de

(1) *Spicil.*, II, 811.
(2) *Spicil.*, II, 815. — On en trouve l'acte, Chambre des comptes, V, 150.

Gislebert avaient agrandi de la vigne Giboul, et d'une autre vigne qu'Aymé de Faucogney acheta pour 38 sols, à Hugues du Marteroy, en 1259.

Vers l'an 1320, un long mur entoura les possessions du prieuré, et pour arrondir les contours du domaine de Saint-Nicolas, Henri, Jean et Gislebert IVe du nom, n'hésitèrent point à rogner quelque chose du leur. Dans des actes nombreux, ils répètent que, loin de vouloir diminuer le Marteroy, ils veulent l'augmenter et confirmer ses priviléges, parce que leurs parents y sont inhumés (1), et qu'on y prie pour le repos de leurs âmes. Dès cette époque, on remarque la tendance du monastère à faire l'acquisition des vignes qui l'avoisinent, tandis qu'il délaisse ou acense volontiers celles qu'il possède dans les villages environnants, mais on ne peut encore prévoir le jour où la vigne de la Motte viendra en sa possession, car elle forme la dépendance la plus précieuse et la plus nécessaire du château.

La guerre des barons lui fut extrêmement funeste. Les sires de Faucogney ayant pris parti contre le duc Eudes de Bourgogne, furent battus, et leurs possessions grandement maltraitées par le vainqueur.

Les enquêtes qui restent encore, nous donnent de curieux détails sur la manière dont on faisait la guerre dans ces temps malheureux, où chaque village était armé contre son voisin, et quelquefois contre lui-même.

Si les Vésuliens allaient couper le bois de Moncey, enlever le blé et l'avoine de Colombier, saisir le bétail de Comberjon et de Dampvalley (2), les paysans à leur tour prenaient revanche en taillant les vignes de la Motte à grands coups de hache.

La dévastation et l'incendie de la ville par les routiers qui succédèrent à la peste noire, la dispersion et l'éloignement des habitants, furent encore plus funestes au vignoble que le siége victorieusement soutenu par le château contre les grandes compagnies (1360). Les bonnes murailles du *castrum Vesullum* résistèrent, il passa pour imprenable; mais les vaincus, en se retirant à Noroy qu'ils occupèrent pendant quatre ans, l'observaient du haut de leurs remparts, et les courses continuelles dont ils sillonnaient le pays, rendirent la culture du vignoble impossible. Les dommages

(1) Voici la formule qui se trouve au commencement de ces actes: « Ego Gilebertus, vicecomes, volens potiùs amplificare quàm diminuere locum Martheroy, in quo pater meus et mater mea tumulati sunt..., dono eidem ecclesiæ, et canonicis ibi Deo servientibus, vineam, etc..... » (Arch. de la Haute-Saône, G.)

(2) Enquête sur la guerre de Montaigu, B, 866.

supportés par Jean de Faucogney à cette triste époque furent si grands, que le duc Eudes de Bourgogne se crut obligé de lui faire restitution par son testament (1).

Alors l'étoile des Faucogney pâlit, et cette race héroïque, qui avait lutté avec une énergie digne d'une meilleure cause, disparaît tout à coup. Trois fois dans dix ans, la mort vient moissonner ses chefs, et par un retour inopiné de la fortune, il ne reste de cette noble maison qu'une femme dont le mari doit défendre l'héritage ou conquérir la dot les armes à la main.

Philippe le Hardi, duc de Bourgogne, saisit habilement l'occasion. Ce que ses prédécesseurs n'ont pu s'approprier complétement par la force, il va l'acquérir à prix d'argent. Bien qu'il achète la terre de Faucogney à un prix exorbitant, il ne croit pas la payer trop, puisqu'elle lui donne les clefs du Comté sur les confins d'Alsace et de Lorraine ; puisqu'elle lui livre ces montagnes où les troupes bourguignonnes ont trouvé de si rudes adversaires.

Le marché se consomme en 1374, et les armes du duc remplacent la bannière des Faucogney, qui disparait sans retour.

Quand on lit dans les pièces originales les tristes détails de l'état où la Franche-Comté était réduite, on se fait une juste idée de ce que pouvait être celle de toutes les cultures qui exige le plus de soins et d'assiduité, la culture de la vigne.

Depuis vingt-cinq ou trente ans, la famine, la peste et la guerre semblaient s'acharner sur notre infortunée province. A peine y comptait-on encore cent mille habitants. Pour payer les rançons promises aux routiers et Bretons qui couraient librement le pays, le gouvernement ducal en était réduit à faire « escheller » les maisons fortes des nobles, à enfoncer les portes des gens d'église, afin d'en obtenir quelque subside. Les loups s'étaient si prodigieusement multipliés, qu'ils venaient en plein jour dans les bourgs et les villes, et qu'après avoir ordonné une chasse générale dans tout le pays (1379), le duc en était réduit à faire placer dans les campagnes 2,500 hameçons ou crocs de fer, cachés dans des morceaux de viandes, « afin d'attraper les loups et de les faire morir (2). »

Les terres étaient en friche ; la sécheresse extraordinaire survenue en 1364 avait achevé de ruiner la vigne écrasée par les Bretons en 1360. Il fallut du temps pour la remettre en valeur. Grâce aux comptes généraux

(1) Voir dom PLANCHER, Testament d'Eudes de Bourgogne.

(2) Ces détails se trouvent, Chambre des comptes, B, nos 1451 à 1457.

déposés aux archives ducales, on peut suivre, année par année, les travaux exécutés dans notre vigne, qui malgré son changement de maître conserva le nom de vigne de Faucogney.

Chaque année le trésorier de Vesoul, chargé de toutes les recettes et dépenses des châtellenies appartenant au souverain, montait à cheval après la Saint-Martin d'hiver et se rendait à Dijon. Le trésorier général de Bourgogne employait trois jours à vérifier les comptes que le fidèle intendant apportait en croupe, et dont le double était déposé dans les archives ducales. C'est là qu'on retrouve, dans de magnifiques registres de parchemin qui pourraient servir de modèle à nos comptabilités modernes, les détails propres à faire connaître les travaux nécessités par notre vigne, et l'usage que l'on faisait de ses produits.

Ces comptes généraux sont très complets de l'an 1360 à l'an 1488. Il nous suffira d'en reproduire un seul pour donner l'idée du soin que les ducs de Bourgogne prenaient du vieil héritage des Faucogney.

Cy est le compte des deppenses faites pour la vigne à Mons., sise sous le chastel de Vesoul, dicte vigne de Faulcougney.

La taille en febvrier estant dehue par les vignerons ne figure au présent compte . . . . Néant.

Pour le premier cop (coup) en mars, payé aux aydes pris par les six vignerons, à raison de deux sols par jour . . . . XXV sols.

Item, pour le second cop en juing. . . . . . XIX sols VI den.

Le salaire des vignerons n'est pas compris dans cette somme ; les terres et maisons dont le château leur laissait la jouissance servaient à rémunérer leur travail.

La vigne de la Motte était divisée en deux parties inégales par le chemin qui conduisait du prieuré aux Haberges, et du bourg au château. Quand l'époque de la maturité approchait, on prenait de grandes précautions pour conserver les fruits. Les ouvertures de la haie étaient remplies avec des épines; et de grands pieux auxquels on clouait des perches destinées à maintenir des fascines serrées l'une contre l'autre, ou de mauvaises planches clouées à claire voie, formaient une barrière souvent insuffisante contre les maraudeurs, que deux gardes guettaient jour et nuit jusqu'à la vendange....

Item, pour ce que laditte vigne soit sur le grand chemin, en deux costés, on y mit deffenses en pauls (pieux), fagots, planches et espines, pour faire lesquels il cousta onze sols trois deniers. XI sols III den.

Item à Pierre Lambert et Tiennot le Loup, pour vingt journées de garde et guet contre les robbeurs et pillars, vingt sols dix deniers, cy . . . . XX sols X den.

Item à Jehan Morel, tonnelier de Charriez, pour estre venu avec son varlet, lesquels mirent six jours à restablir les tonneaux et vaissels du celier. . . . . XV sols VI den.

Item pour quatre journées à laver lesdits vaissels, à un sol VI deniers l'une . . . . VI sols.

Pour sept douzaines de cercles ; les cercles des petits vaissels estant à quatre engrognes la douzaine, et ceux des grands trois blancs. XI sols.

Item au jour de la vendange, qui fut le pénultième de septembre, furent employés quatre-vingts vendangeurs et vendangeuses, qui furent, en raison de six engrognes l'un. . . . . XL sols.

Item furent vingt-trois porteurs . . . . XXXII sols.

Item étant commandées les voitures de courvée dehues par hommes tenant charrue, en firent, Jacquot Renaul, IIII ; Jehan de Colomostier, V ; Jehan de Graisse, III ; Perrin des Haberges, IIII..... ; en tout XXXI voitures.

Lesquels furent conduites en l'ostel où sont les vins Mons., en la ville, avec huict aydes charretons pour ayder à décharger, à six engrognes l'un.

Aux caves de Mons., furent quatre hommes employés à tirer le vin, mettre la genne au treuil (pressoir) et entonner le tout dans les cuves. . . . . XIV sols VI den.

Item, pour l'homme qui garda les treuils où l'on treuilla deux jours et deux nuicts . . . . VI sols II den.

Item pour le surveillant qui fut là de jour et de nuict, pour voir entonner les vins et empescher les ruses et les fraudes. V sols VI den.

Item pour le surveillant qui gardait les cuves pendant la nuict, cy. VI sols.

Item pour quatre livres de chandelle qui furent usées dans le service des treuils et des caves. . . . . II blancs.

La deppense générale fut pour la vendange de dix francs huit gros et demy (1).

Je gravissais un jour les pentes escarpées de la Motte, et en considérant l'immense quantité d'échalas et de bois qu'absorbe la culture de la vigne selon la méthode vésulienne, je me hasardai à interroger un vigneron, et lui demandai si la ville de Vesoul possédait des forêts où l'on pût se procurer le bois nécessaire. Il me regarda d'un air narquois, et, me

(1) Comptes de l'an 1402 et 1423. (B, 1529, 1624.)

montrant dans une friche voisine un poirier sauvage flanqué de deux buissons étiques, il me dit : Voilà les quarts en réserve de la ville ! Quant aux pauvres vignerons, ils vont chercher des échalas où ils peuvent en trouver ! J'ai pu me convaincre que cette disette de bois ne date pas d'aujourd'hui. En 1380 et en 1450, c'était absolument la même chose. Les quelques hectares du bois de Chanois, sans cesse ravagés par les maraudeurs, ne pouvaient suffire à l'entretien de la vigne seigneuriale, qui exigeait chaque année mille échalas nouveaux.

Item pour mille echallas, que furent pris tant es bois de Chanois, qu'au Mongargan de Borgnon, à Provenchiers et Breurey, à deux sols et demy le cent. . . . . XXV sols.

La vendange se faisait toujours à Chariez huit jours plus tôt qu'à Vesoul. Cet usage n'a point changé, et l'on reproche encore aux habitants de Chariez de vendanger trop tôt, de produire des vins trop verts et trop longs à se faire.

Quand le vin de la Motte était dans les caves de la ville, ou dans le cellier du château, qui porta même sous les ducs le nom de *Celier de Faulcougney*, un employé des domaines ducaux le visitait régulièrement, car ce vin devait être vendu au grand marché qui se tenait dans la première quinzaine de mai.

La visite de 1403, faite par Jean Donnet, de Vesoul, expert constitué, constate que sur vingt-trois muids provenant de la dernière récolte, il y en a dix-huit prêts à livrer au commerce.

En 1440, on remarque que le vin vieux a perdu sa couleur ; on en prévient le duc Philippe le Bon, qui donne ordre au trésorier de Vesoul, Mathieu Regnault, d'acheter « du gros vin » pour redonner de la couleur à celui qui avait perdu la sienne. Cela prouverait qu'alors comme aujourd'hui, certains consommateurs tenaient beaucoup à la couleur du vin.

Le pays de Blamont, les comtés de Ferrette, de Montbéliard et la terre de Lure, fournissaient les principaux acheteurs ; cependant, lorsque les vignes des environs de Jussey et de Vauvillers venaient à manquer, les seigneurs et les gens d'église s'approvisionnaient à Vesoul, et le compte de 1451 nous apprend que l'abbé de Clairefontaine crut faire un excellent marché en achetant toute la récolte, qui se montait à quarante-quatre muids, moyennant dix-huit gros (36 sous) pièce (1).

A certaines époques, lorsque les ducs étaient à court d'argent — ce qui

(1) B. 1723, f° 28.

n'était pas rare — on envoyait des émissaires sur tous les marchés à dix lieues à la ronde, pour s'informer du prix de toute chose. En 1396, ces émissaires rapportent à la duchesse que les céréales sont à vil prix, et que les 667 poules dont elle dispose pour le moment ne donneront qu'une somme insignifiante. Mieux vaut vendre le vin de la Motte, qui n'est nullement déprécié et trouvera facilement des acheteurs.

On voit par ces détails minutieux et tirés de la vie intime de nos anciens souverains (1), que la vigne de la Motte avait son importance à leurs yeux, et que s'ils préféraient les crûs de leurs vignes de Beaune, de Nuits et de Chenove à ceux des vignes de Vesoul, Echenoz et Vaivre, ils ne dédaignaient nullement de mettre dans leur escarcelle ducale les cent florins que la vieille vigne des Faucogney leur rapportait annuellement.

Mais l'âge d'or va finir, et nous arrivons brusquement à l'âge de fer. La décadence du vignoble de Vesoul s'annonce par de tristes symptômes. Un prieur du Marteroy, « bon homme, » disent les enquêtes du temps, « mais qui ne s'y entendoit que bien à point, » laisse dépérir les biens du prieuré. Les bras manquent, les maisons et pressoirs tombent en ruines. La vigne de la Motte se ressent du voisinage ; Charles le Téméraire, qui daigne l'honorer d'un coup d'œil en 1474, demande sans cesse de l'argent et rend toute amélioration impossible. Quelques années après, arrive la catastrophe finale. Après de longues inquiétudes, la ville de Vesoul est attaquée par les troupes de Louis XI. Malgré sa défense héroïque, elle est prise d'assaut, ses habitants sont massacrés; le château, forcé, est condamné à la destruction ; ses créneaux et ses tours sont renversés, un long pan de muraille tombe sur la malheureuse vigne, qui est en outre sillonnée par les énormes pierres qui se détachent des remparts ébranlés. Des vingt ou vingt-cinq maisons qui composaient les Haberges, il n'en reste qu'une seule debout, et encore n'osa-t-on l'habiter que quatre ou cinq ans plus tard. Une requête adressée à Louis XI nous apprend que dans ces ruines, où il ne reste guère d'intact que la chapelle avec sa statue de la Vierge, « les brigands et larrons se cachent et se meussent pour y faire mauvais coups et aultres choses (2). » Chacun refuse de payer l'impôt aux Français, et le trésorier, au lieu d'inscrire complaisamment les 3,764 livres 1 gros 6 engrognes qu'il tirait chaque

(1) Tous ces détails sont tirés des Archives ducales. — Dijon, série B, de 1510 à 1745, passim.

(2) Arch. de la Haute-Saône, G. 38.

année de la terre de Vesoul, se contente d'écrire sur son magnifique vélin cette phrase lamentable pour un receveur :

RECEPTE DE VESOUL.

NÉANT,

Pour ce que la terre fut donnée à Mons. Philippe de Hochberg, et que les gens tiennent party contre le roy (1).

La vigne de la Motte sentit tout le poids du *Væ victis*. On la maltraitait en haine de ses anciens maîtres ; on ne voulut point la cultiver en haine des nouveaux. Tant qu'elle fut censée appartenir à Louis XI ou à ses créatures, elle demeura en friche et à moitié ensevelie sous les décombres.

Si j'en cherche la cause, je la trouve exprimée dans la plainte d'un prieur du Marteroy, qui valait certainement mieux que son latin : *Causantibus guerris et aliis calamitatibus*, dit-il.... La guerre atroce de Louis XI avait ruiné Vesoul, et quand l'archiduc Philippe passe dans cette ville en 1501, il en parle avec compassion. Cependant la vigne se relève avant le château et on la voit figurer encore sur les registres du trésorier de Vesoul au XVIe siècle. La bonne princesse Marguerite d'Autriche eut le talent de maintenir la neutralité pendant les guerres qui ensanglantèrent la France et l'Empire. Lorsque son neveu Charles-Quint lui succéda, en 1530, dans le comté de Bourgogne, le vignoble de Vesoul avait réparé ses pertes, et la vigne de la Motte, débarrassée en partie des pierres qui avaient écrasé ses respectables ceps et replantée nouvellement, figurait avec honneur au pied des murailles ébréchées et des tours lézardées du vieux château. Les comptes de Jean de Boisset, trésorier de Vesoul (2), nous apprennent que ses produits sont toujours estimés et fournissent leur contingent au trésor impérial, car la vigne de la Motte est devenue alors vigne impériale.

L'affection que Charles-Quint porte aux « Vesoulois » leur fait accorder de nombreux priviléges. On songe à relever le château. C'est sous ses décombres que le prieur du Marteroy, Simon Perrot, fait rechercher les archives du pays, dont on retrouva des titres, dit Gollut, « mais tant pourris qu'il n'y heut moyen d'en tirer la lecture. » Par suite des travaux exécutés, le château de la Motte, qui avait été pendant longtemps dans un aussi triste état que les fortifications de la ville, malgré les innombrables ordonnances qui en pressaient la reconstruction, se trouva sur

(1) B. 1781-83.

(2) Archives du Nord. — Lille. — Comptes de 1538 à 1543.

un pied respectable. La vigne parut pendant quelques années être revenue aux beaux jours où Jobard, IIIe du nom, présidait à ses destinées, du temps de Frédéric Barberousse et de Gislebert de Faucogney.

Hélas! ce calme trompeur présageait des orages! Voici à deux ou trois reprises la peste qui enlève environ la moitié de la population. A peine trouve-t-on des fossoyeurs pour enterrer les morts(1), il ne faut plus songer pendant six ans à creuser des fosses dans les vignes. Les vignerons, découragés, laissent croître les ronces et les épines dans le royal héritage de Philippe II. Quatre années se sont écoulées depuis la disparition de la peste; à peine les ronces et les épines sont-elles arrachées, qu'arrive un fléau plus redoutable encore. Cette fois notre vigne ne sera plus seulement maltraitée et démembrée, elle sera supprimée.

Je ne sais pourquoi on a donné le nom de général à Tremblecourt — on le donne à tant d'hommes qui ne le méritent guère; — mais quand on suit, les archives à la main, les traces sanglantes de ce chef d'aventuriers, lancé sur notre pays par la France, on croit relire l'itinéraire des Vandales à travers l'Espagne et l'Afrique. Si quelque coin de terre eut à se plaindre de lui, ce fut certainement la vigne de la Motte.

Après ses faciles succès des rives de la Saône et de l'Ognon, Tremblecourt arrive devant Vesoul, le 12 février 1595. Les bourgeois, fidèles aux vieilles traditions, voulaient se défendre vaillamment; mais que pouvaient 300 citoyens, aidés d'une ou deux compagnies de conscrits venus la veille des prévôtés de Cromary et Montbozon, contre 6,000 hommes victorieux et bien armés? D'ailleurs, n'avaient-ils pas l'éternelle excuse de leurs remparts en mauvais état? On capitula donc, moyennant 12,000 écus de rançon; Tremblecourt promit tout ce qu'on voulut, et, comme on pouvait s'y attendre, ne tint rien, et, traitant la ville en pays conquis, il la livra au pillage.

Les Espagnols, surpris par la brusque attaque des Lorrains, mirent à les poursuivre toute la gravité et la lenteur qui caractérisaient leurs opérations. Enfin, ils arrivèrent dans les derniers jours d'avril, et le connétable de Castille reprit la ville le 2 mai Tremblecourt avait eu le temps de se mettre en mesure et de se retrancher dans le château Craignant que les ennemis ne se servissent du prieuré et des Haberges pour les travaux d'attaque, il fait démolir et brûler le tout, dès les premiers temps de son installation. Les quatre cloches du prieuré sont cassées, la vénérable église de Saint-Nicolas renversée, les cloîtres minés par la

(1) Archives communales de Vesoul A, 3.

base, les planchers et les poutres servent à construire dans les fossés du château « des baraques et maisonnements » pour loger les vainqueurs. Le marché passé pour ces constructions, entre Tremblecourt et les frères Patenaille, charpentiers, existe encore aux archives de la ville (1), et il est probable que ces ouvriers félons ne furent jamais payés. Mais les Lorrains eurent à lutter contre un ennemi qu'ils n'attendaient point. Les quinze ou vingt voitures de bois qui formaient la provision du château furent bien vite épuisées, et le mois de mars fut rigoureux. Pour neutraliser les effets du froid, pour cuire les aliments nécessaires, les soldats abattirent les arbres, extirpèrent les buissons, et saccagèrent les maisons qu'ils n'avaient pas brûlées. Grâce à sa proximité du château, la vigne de la Motte fut la plus maltraitée; ils la taillèrent à coups de hache, et ses ceps alimentèrent les feux de leurs bivouacs.

Ce n'était que le commencement. Si les vainqueurs étaient mal à l'aise, les vaincus pouvaient à peine respirer. Il était défendu aux Vésuliens « de converser deux à deux » et de sortir de la ville, sous peine de mort ou d'une rançon de 1,500 écus par tête. Le soin qu'il fallait mettre à les surveiller, la crainte d'être surpris par le connétable de Castille, qui approchait, empêchant les Lorrains de faire du bois, ils arrachent les racines de la malheureuse vigne. Ce fut le « premier cop » qu'elle reçut. Après le siége de la ville, les Espagnols firent celui du château, qui résista trois semaines et capitula le 23 mai. La vigne de la Motte, sillonnée par les boulets des parties belligérantes, dut se contenter de ce singulier labourage, qui fut son « second cop » pour cette année. Elle devint le théâtre du combat ; de fréquentes sorties et des luttes acharnées firent couler des flots de sang sur sa terre desséchée par un soleil de feu. Le puits de la Motte tarit, l'eau manqua, et quand Tremblecourt sortit avec les hommes qui lui restaient, la vigne tout entière était à peu près dans le même état que le chemin qui la traversait.

Les joies de la victoire n'enivrèrent pas les Vésuliens; le départ de l'ennemi ne réparait point les désastres causés par son occupation ; les espérances étaient anéanties, non-seulement pour une année, mais pour longtemps, et les vignerons souhaitaient de grand cœur la disparition d'un château qui leur devenait si funeste. Le gouverneur du Comté, Claude de Vergy, qui n'avait pas su défendre le pays menacé, et s'occupait bien plus de ses intérêts particuliers que de ceux de la province, voulut du moins se donner les honneurs d'une facile victoire, en empê-

(1) Arch. de Vesoul, titre : Faits de guerre.

chant le retour de ces scènes sanglantes. Il défendit d'abord au prieur du Marteroy de relever son prieuré, et lui ordonna « d'en distraire et emporter les matériaux épars sur le sol, dans la crainte que les ennemys ne viennent à autre fois s'en servir pour faire le siége du chasteau ou de la ville. » La cour d'Espagne enchérit encore, en employant un remède héroïque, qui devait préserver à tout jamais la vigne de la Motte des fureurs de la guerre : elle ordonna de raser le château « à fond de terre. » Cet ordre sauva le reste des Haberges, qui était aussi condamné à disparaitre.

Le château de la Motte fut démoli par les corvéables et retrahants du voisinage, qu'il protégeait depuis plus de sept siècles Au lieu du brillant séjour où les princes tenaient cour plénière, on n'aperçut plus, à partir de 1600, que d'immenses monceaux de pierres et d'affreux murgers, sur lesquels les ronces et les épines ne tardèrent point à régner sans opposition ; le chemin qui conduisait au sommet de la montagne disparut avec le manoir et le prieuré (1).

La vigne de la Motte, étant du domaine royal, devait suivre le sort du château et passer à d'autres mains, puisque le domaine disparaissait. L'incertitude où l'on resta longtemps sur la destination à laquelle on affecterait le sommet de la colline, la fit laisser en friche pendant de longues années. Enfin, en 1622, un ingénieur ayant présenté au roi un projet fort original, auquel on eut le bon esprit de ne pas donner suite, conduisit le gouvernement à statuer d'une manière définitive.

On proposait au roi d'Espagne de faire bâtir, avec les débris du château, une vaste tour ronde dans laquelle les habitants se retireraient en cas d'alarme

Philippe III répondit par un refus, permit à ceux qui le voudraient de bâtir aux Haberges, et ne parait pas s'être occupé de la vénérable friche, qui avait été autrefois vigne impériale et royale. Les receveurs des finances la vendirent sans doute avec les autres terres du domaine ; la partie occidentale resta en friche, devint propriété de la ville et de différents particuliers, tandis que la partie orientale passa entre les mains du prieur du Marteroy, curé de Vesoul.

Les religieux du Marteroy s'étaient réfugiés à Pont, et, ne pouvant rebâtir leur monastère, avaient pris à cœur d'en conserver l'emplacement,

(1) Un Mémoire de l'époque résume ainsi l'état des constructions : « Prioratus, illiusque ecclesia, domus, habitatio ac tota fabrica... solo adæquata, combusta, ac funditùs everea. » (G, 65.)

ils employèrent de longues années à le niveler et planter en vignes (1). Le nouveau prieur, Christophe Duplan (1629), se proposait peut-être de faire de ce coin de terre une vigne en état de soutenir la vieille renommée du « vin de Faucogney, » lorsque la peste, la famine et la guerre viennent entraver tous ses desseins. Il suffit de nommer la guerre des Suédois, pour comprendre les rudes épreuves qui attendaient notre vigne au berceau.... Un procès-verbal rédigé en 1649 nous apprend qu'elle n'avait pas été cultivée depuis douze ans !

Le remède vint cependant de l'excès même du mal. Le chapitre de Calmoutier, dont les épreuves avaient encore surpassé celles du Marteroy, ne pouvait plus se relever de ses ruines. On pensa qu'en l'unissant au prieuré, et ne faisant qu'un seul corps des deux, on empêcherait l'un et l'autre de disparaître complétement. L'acte d'union signé par Alexandre VII (1656) sauva la vigne de la Motte. Les nouveaux chanoines de Vesoul, n'ayant de ressource que dans les champs et les vignes qui formaient leur dotation, avaient le plus grand intérêt à les faire valoir. Ils donnèrent un soin particulier à l'entretien et à l'extension des vignes qu'ils possédaient à la Motte. La double conquête de la Franche-Comté par les Français ne les détourna pas de ces soins. Pendant seize ou dix-sept ans, nous assistons à la résurrection de notre vigne. C'est un état nouveau qui grandit, fait des conquêtes sur les murgers, s'annexe les *friches* voisines, et demande une législation nouvelle.

Transportons-nous dans la salle des séances du chapitre. Les vénérables chanoines sont réunis à l'assemblée solennelle du 1er janvier 1673. Personne ne manque, car il serait privé de ses revenus pour un an, s'il manquait ce jour-là. Le nouveau doyen, messire Broubard, expose dans un discours parfaitement motivé : « que les biens du chapitre, partagés en neuf prébendes, une par chanoine, ont été cultivés et améliorés considérablement depuis vingt-deux ans, mais qu'on a reconnu la nécessité de réserver une partie de ces biens pour en employer le revenu à soutenir les droits du corps, qui ne pouvaient être suffisamment soutenus avec les biens de Calmoutier mis en réserve pour cela ; qu'il paraît convenable de ne partager entre les chanoines que les vignes du prieuré, et de former de tout le reste une masse commune, sur laquelle on prendra les frais d'administration, etc. »

Cette proposition, mise aux voix et débattue avec tout le soin que les

(1) Tout le canton de vignes qui occupe la partie orientale de la Motte porte encore le nom de Marteroy ; il contient 53 parcelles (nos 167 à 220).

chanoines apportaient d'ordinaire dans ces sortes de questions, est adoptée à l'unanimité. On procède au partage, et, après avoir scrupuleusement examiné la position, l'étendue , l'état d'entretien et le produit des vignes, on arrive à en faire neuf parts, qui sont censées se valoir, bien que leur étendue ne soit pas la même, puisque les deux plus grandes renferment 24 ouvrées, et les deux plus petites seulement 16 et 17. En tout 188 ouvrées (1).

A dater de ce jour, la partie de notre vigne tombée dans le domaine ecclésiastique ne voit plus que des années prospères. On lui prodigue les échalas, les ébourgeonnements, on ne lui ménage ni les fosses ni les coups de pioche, et même on lui accorde quelquefois les bénéfices d'une fumure abondante (2).

Sans être ce qu'on appelait alors une « fontaine de vin, » la vigne de la Motte redevient un des héritages les plus estimés de la contrée, son cépage un des mieux goûtés, son vin un des plus renommés du crû. C'est une vraie vigne de chanoine. Les hommes semblent désormais impuissants à lui nuire. Protégée par Saint-Georges de Vesoul, solidement amarrée à la barque de Saint-Nicolas du Marteroy et de Notre-Dame de Calmoutier, elle suit tranquillement le cours de ses destinées, et vogue en paix sans redouter autre chose que les gelées du printemps, les grêles de l'été et les pluies de l'automne.

Aussi est-ce de grand cœur que les vénérables chanoines permettent aux vignerons vésuliens de continuer la vieille tradition en vertu de laquelle ils sonnent la grosse cloche de la ville à trois heures du matin, chaque dimanche du temps pascal. S'ils veulent d'abord honorer la résurrection du Sauveur, ils espèrent bien aussi, par cette naïve démonstration de leur foi, écarter les gelées d'avril et de mai, aussi fréquentes qu'elles sont redoutables dans nos contrées.

Pendant quarante ans, rien ne trouble cette monotone succession d'années bonnes ou médiocres; mais en 1709, un cri de détresse se fait entendre: les froids rigoureux du mois de janvier ont fait périr les trois quarts des ceps. Tandis que les vignerons jettent les hauts cris, les chanoines, à qui de modestes avances rendaient, sans doute, la résignation plus facile, se contentent de soupirer, en consignant dans leurs registres l'état de gêne où ce désastre va les réduire pour plusieurs années, puis ils replantent courageusement leurs vignes.

(1) Délibérations du chapitre, G, 33.

(2) 1,500 échalas; 508 fosses; 20 voitures de fumier en 1678. G, 35.

Une plaie nouvelle est signalée à l'occasion de ce renouvellement des ceps détruits par le froid. On se dégoûte du plant de pineau, et, dans l'espoir d'obtenir une récolte plus abondante, les vignerons du voisinage le remplacent par le gamet.

Persuadés que cette innovation portera un coup fatal à la vieille réputation des vins de la Motte, les Vésuliens s'alarment, et le corps municipal de la ville, dans une délibération solennelle (1717) invite les habitants d'Echenoz à ne point déshonorer le pays en plantant du gamet, sans respect pour les anciennes ordonnances (1).

On ne pouvait dépasser la limite des exhortations et des prières. Si elles n'empêchèrent pas l'invasion du plant décrié par les Vésuliens, elles la retardèrent du moins beaucoup, et quand la révolution arriva, les vignes de la Motte avaient encore bonne réputation. On en trouve une preuve frappante dans les procès-verbaux d'estimation et de vente des biens ecclésiastiques. Tandis que les champs et les prés affectés à la dotation du chapitre et des maisons religieuses sont vendus ou plutôt donnés à vil prix, les vignes atteignent des chiffres relativement considérables.

Le régime de liberté qu'inauguraient les acquéreurs des biens soi-disant nationaux, devint funeste à la réputation de la Motte. De même que le peuple supplantait les aristocrates, ainsi le gamet supplanta rapidement le pineau, la qualité du vin s'altéra, et, comme si ce n'eût point été suffisant pour la malheureuse vigne d'être déshonorée par ce plant vulgaire, on la calomnia.

On voulut faire croire à tout le pays que de tout temps elle avait produit un vin détestable. De mauvais plaisants prétendirent même que ce vin jouait un rôle dans les procédures d'autrefois, et quand les juges inquisiteurs avaient fait subir au patient l'épreuve de l'eau sans pouvoir le forcer à avouer son crime, ils avaient une ressource suprême pour le décider à parler, en lui ingurgitant un affreux breuvage; ils s'écriaient: « Apportez le vin de la Motte!... »

Pourquoi les vignerons de Vesoul, autrefois si soucieux de la renommée de leur vignoble, n'ont-ils pas châtié les auteurs de cette calomnie comme ils méritaient de l'être ?

La révolution, qui prétendait tout renouveler et se croyait éternelle, voulut même faire disparaître le vieux nom de la Motte, qui semblait importuner les plus fortes têtes d'alors. Sur la demande de « la société populaire et montagnarde des sans-culottes de Vesoul, » la municipalité,

(1) Archives de la Haute-Saône, 1, Q, 107, 123, G, 35.

qui ne savait rien lui refuser, décida que désormais la Motte s'appellerait la Montagne, en l'honneur de la partie la plus tapageuse de la Convention nationale. Puis l'enthousiasme gagnant, il fut décidé que : « sur le sit *(sic)* pyramidale qui s'élève au millieu du vallon, on élèverait un obélisque en pierre solide, rappelant le souvenir des époques les plus intéressantes de la révolution (1). »

C'était l'arrêt de mort de la grande croix de bois qui, depuis la destruction du château, couronnait la Motte, et que les Vésuliens regardaient comme le palladium de leur cité. J'ai vu le plan du monument de la Montagne. Ce devait être une colonne ou obélisque surmonté d'un bonnet phrygien. Toute simple que fût cette décoration, je crois qu'elle ne monta guère plus haut que les assises de la première pierre. La pauvreté de la caisse municipale et la chute de Robespierre, qui arriva bientôt après, refroidirent singulièrement l'ardeur des sociétaires montagnards. Ils s'accordèrent cependant une fête parfaitement ridicule à l'occasion de ce monument éphémère. C'était Robespierre jeune qui avait donné l'idée de cette solennité d'un genre nouveau, dans une visite faite à Vesoul quelque temps auparavant. Le mauvais temps en fit retarder l'exécution jusqu'au 23 germinal an II (12 avril 1794). Il faut lire dans le galimatias du temps la brochure de 57 pages destinée à raconter les magnificences de cette fête, « dont une foule de citoyens contemplaient le charmant spectacle depuis la ville. » Emblèmes païens, costumes débraillés, discours furibonds, citoyennes sans vergogne, musique tendre et patriotique, rien n'y manque; mais l'idée la plus originale est, sans contredit, celle des jeunes gens qui voulurent former un piquet de cavalerie et tentèrent bravement l'ascension. Ils avaient compté sans les tristes sentiers qui serpentaient à travers l'ancienne vigne de la Motte. A peine s'y furent-ils engagés que les chevaux s'effarouchèrent, et, se lançant dans les vignes, mirent le cortége en désordre et désarçonnèrent leurs cavaliers ; les plus adroits et les plus admirés furent ceux qui regagnèrent la plaine.

Cet incident nous montre que le sommet de la montagne était inabordable. Quiconque a vu la Motte il y a vingt ans, se souvient qu'il en était encore ainsi, et qu'un étroit sentier, bordé de buissons épais et semé de pierres roulantes, était la seule voie qui s'offrît au visiteur pour atteindre la grande croix plantée au sommet de la colline. Les défrichements successifs ont mis en valeur une partie des fossés et de l'enceinte du vieux

(1) Registre de délibérations, I, 1.

château. Le cadastre de Vesoul, exécuté sous le premier empire, atteste qu'il ne reste à l'état de friche et de murger qu'une surface de 42 ares ; par suite de ventes ou mutations diverses, l'emplacement de la vigne de la Motte se trouve morcelé en une trentaine de parcelles appartenant aux cantons de Porte-Haute et du Marteroy.

Les choses restèrent en cet état jusqu'en 1854, époque à laquelle une circonstance aussi douloureuse qu'elle était imprévue vint donner à la vigne de la Motte un relief inattendu, et lui ouvrit de nouvelles destinées.

Qui ne se souvient de l'invasion du choléra en 1854 ? Tous les cœurs étaient sous l'impression des tristes nouvelles arrivées d'Orient. Nos soldats, débarqués sur les plages lointaines de la Turquie, se flattaient de vaincre, ils n'arrivaient que pour mourir. Mais, tandis que nous versions des larmes sur leur mort prématurée, le fléau qui les moissonnait traverse la mer et s'abat sur la mère-patrie. Que se passait-il ailleurs ? On ne s'en occupait guère, et les plus intrépides lecteurs de journaux laissaient tomber avec découragement des feuilles dont le silence avait quelque chose de sinistre. En cachant la gravité du mal, on ne faisait que l'aggraver.

Ce fut le 16 juillet que les premiers symptômes parurent dans mon village ; le lendemain, quatorze personnes avaient cessé d'exister..... Et dès ce moment la mort, ce roi des épouvantements, comme on l'a si bien appelée, mit des populations entières en fuite. Nos malheureux paysans, égarés par la frayeur, devinrent cruels pour leurs parents et leurs amis, afin de se sauver eux-mêmes, et ce fut après avoir amoncelé les cadavres de 5,000 victimes que le fléau vint frapper aux portes de Vesoul. C'était le dimanche 30 juillet. Toute incertitude cessa, et en voyant quatre personnes atteintes dans l'espace de deux heures, chacun se dit : Le voici.

Bien que la ville fût convenablement aérée et pourvue de rhum ; bien que les pharmaciens du lieu eussent recommandé dans la quatrième page du *Journal de la Haute-Saône* les amulettes de camphre et les ceintures de flanelle qui devaient servir de rempart contre le fléau, le bon sens des Vésuliens leur disait qu'il serait prudent d'avoir d'autres préservatifs, et le curé de la paroisse alla au devant du vœu général, en annonçant que le soir même on se rendrait en procession à Notre-Dame d'Echenoz pour lui demander la préservation de la ville.

Notre-Dame d'Echenoz ou de Solborde est un pèlerinage qui remonte à deux cents ans à peu près. Mais la statue informe qui en est l'objet accuse une antiquité beaucoup plus reculée. J'ai de bonnes raisons de croire que cette statue vénérable n'est pas autre que celle de l'antique Notre-Dame du Castel de Vesoul, vénérée autrefois dans la chapelle castrale, puis rapportée au Marteroy, descendue à Pont, transportée à Solborde, et enfin dans l'église d'Echenoz; mais ce n'est point ici le moment d'exposer ces raisons.

Donc, le 30 juillet 1854, toute la ville de Vesoul s'ébranlait pour venir à Notre-Dame d'Echenoz. La longueur de la procession atteignait trois kilomètres, et les pèlerins avaient une contenance parfaite, bien qu'un bon nombre d'entre eux ne fussent pas extraordinairement versés dans la dévotion. La nécessité apprend tant de choses!

Les sombres prévisions de l'avenir arrachaient des larmes à plusieurs. Touché de démonstrations qui étaient trop spontanées pour n'être pas sincères, entraîné aussi par ce sentiment d'affection pour ses ouailles qui est le caractère distinctif du bon pasteur, l'instigateur du pèlerinage fit vœu de bâtir au sommet de la Motte un monument de reconnaissance à Marie, *pour avoir préservé sa paroisse*.

J'aime cette audace de la foi.

En face de la science timide et irrésolue qui dit : Essayez ceci, — usez de cela, — faites ce que vous pourrez, — j'aime à voir la foi inébranlable et confiante qui dit : Dieu est un bon père, j'attends tout de lui. Quand même il me tuerait, j'espérerais encore !

Vous admirez la ténacité de ces Romains qui mettent en vente le champ sur lequel Annibal est campé. N'admirerez-vous pas la foi de ce peuple qui élève un monument de reconnaissance au moment même où il est le plus menacé? Car la foi du pasteur était partagée, comprise et appréciée par le troupeau. Quand, de retour à l'église, le curé de Vesoul annonça le vœu qu'il avait fait, chacun y applaudit, et dix mille francs d'offrandes recueillis en quatre jours prouvèrent que le peuple l'avait pleinement ratifié.

Devant un pareil élan, la municipalité ne pouvait rester en arrière, et, considérant qu'en dehors de toute raison morale, l'exécution du projet ne pouvait qu'embellir le paysage (1), elle concéda volontiers les quarante-deux ares de friche sur lesquels s'élevait l'ancien donjon de la Motte.

La difficulté la plus grande était d'arriver à cette friche. Comment amener les matériaux de construction à travers des sentiers impossibles?

(1) Délib. du 14 août 1854.

On eut l'idée d'acheter une bande de terrain pour élargir le passage ; la raideur de la pente ne permit pas d'y donner suite.

Il n'y avait qu'un seul moyen, c'était d'acheter les vignes pour y tracer à l'aise un chemin praticable. Le promoteur de l'œuvre se dévoua sans trop calculer les suites, et après de laborieuses négociations, il se trouva propriétaire de toute la partie supérieure de l'ancienne vigne impériale et ducale.

Le 19 avril 1855, un ingénieur traçait le nouveau chemin, qui fut bientôt mis en état par les généreuses corvées des ouvriers, des vignerons et des jeunes gens des écoles. Le 12 août suivant, le cardinal archevêque de Besançon bénissait la première pierre du monument en présence de 10,000 personnes. Depuis les beaux jours de Frédéric Barberousse, la vigne de la Motte n'avait pas été traversée par une assistance aussi nombreuse.

C'était le prélude du pèlerinage qui allait commencer. Une grotte creusée dans le rocher servit de sanctuaire. Au-dessus s'éleva le monument destiné à recevoir et à recouvrir la statue colossale de la Vierge Immaculée. Il fallut deux ans pour mener à bonne fin cette œuvre, que retardaient des difficultés de plus d'un genre. Pendant ce temps, le chemin nouveau qui serpente à travers la vigne, se consolide et s'affermit ; une double rangée de peupliers d'Italie et de sapins toujours verts dessine ses capricieux contours. Quatorze grandes croix espacées sur ses bords rappellent d'une manière saisissante la voie douloureuse du Calvaire, et invitent le pèlerin au repos et à la prière. Le 9 août 1857, tout est prêt, et la ville entière est en fête pour célébrer l'inauguration du monument de sa reconnaissance. Les confrères de Saint-Vincent peuvent être fiers, car depuis des siècles leurs vignes n'ont pas été visitées par aussi belle et nombreuse compagnie. Deux cardinaux et 135 prêtres y représentent le clergé, toutes les autorités civiles et militaires figurent dans le cortége, et 12 ou 15,000 étrangers se sont joints à la population de la ville pour porter aux pieds de la statue vénérée l'expression des sentiments dévoués de tout le pays.

Ne vous semble-t-il pas que Notre-Dame de la Motte remplace dignement l'antique Notre-Dame du Castel de Vesoul ? Ne trouvez-vous pas que les Vésuliens du XIXe siècle font les choses tout aussi grandement que leurs ancêtres pouvaient les faire ?

Sans doute vous aimez mieux voir un pèlerinage de la sainte Vierge au sommet de la Motte, que les ruines de la vieille tour rêvée par les Espagnols, ou le bonnet phrygien imaginé par Robespierre cadet. Mais enfin quelle influence cette nouvelle destination aura-t-elle sur le sort de la vigne qui nous occupe depuis si longtemps, et, en définitive, quel est l'heureux mortel qui obtiendra cet héritage si convoité ?

Au lieu d'être inabordable comme elle l'était depuis cent cinquante ans, la vigne de notre légende est traversée par un chemin qui en fait un lieu de promenade, sinon des plus faciles, du moins des plus pittoresques ; mais ces dehors agréables et riants ne l'empêchent point d'avoir ses tribulations comme autrefois.

En l'achetant de ses deniers pour assurer le succès de son œuvre, le fondateur du pèlerinage s'imposait une lourde charge, et cette charge n'a guère fait qu'augmenter avec le temps. Pour tirer parti de ce domaine improvisé, il fallait trouver un homme capable de le faire valoir. — Le plan était tout tracé, le jardin et la maison de l'ermite — c'est ainsi qu'on le baptisait d'avance — étaient préparés ; mais on s'aperçut bientôt que de nos jours, s'il est facile de bâtir un ermitage, il ne l'est pas autant de trouver un ermite. Il s'en présenta deux qui, au lieu de cultiver la vigne et de payer loyer, prétendaient bel et bien qu'on les paierait eux-mêmes. A défaut d'ermite ami du travail, on accepta un homme se disant propre à tout, qui se chargea de cultiver la vigne et le jardin, à condition qu'on lui laisserait semer de la luzerne dans certaines parties du terrain qu'il désigna.

Ceci se passait au mois de février 1859. J'ai fait l'ascension de la Motte à cette époque, et en voyant l'ermite et sa femme extirper les infortunés ceps de cette vigne chérie, je n'ai pu m'empêcher de songer aux soldats de Tremblecourt, qui firent jadis la même opération. Heureusement qu'on mit des bornes au zèle de cet infatigable arracheur ; il n'eût pas laissé un cep debout.

Quand il eut tout brûlé, il décampa sans bruit et eut assez de conscience pour ne pas emporter la clef. On était au mois d'avril, temps propice pour les semailles, il fallut bien en profiter, et, selon la pittoresque expression d'un ouvrier, la pauvre vigne « tourna en luzerne. »

Les choses en sont là et ne paraissent pas devoir s'améliorer de sitôt. La vigne de la Motte, tour à tour objet de tant de convoitises et de déceptions, reste à la charge de son généreux propriétaire, et tout porte à croire qu'il complétera son œuvre en donnant à Notre-Dame ce terrain légendaire que tant de jeunes couples se sont vainement disputé.

Chers compatriotes de la Haute-Saône, quand vous irez à Vesoul et que vos loisirs vous le permettront, ne manquez pas de faire l'ascension de la Motte. Je ne sais combien de géographies ou d'itinéraires anciens ont stéréotypé cette phrase : Vesoul, ville assise au pied d'une montagne si haute qu'il faut une heure et demie pour en atteindre le sommet. N'en croyez rien, sachez que depuis l'église paroissiale au monument de la Vierge, la distance, à vol d'oiseau, ne dépasse point 460 mètres, et qu'en marchant tranquillement, on opère l'ascension en une demi-heure et la descente en un quart d'heure.

Outre la vue magnifique dont vous jouirez du sommet de la colline et le contentement que vous éprouverez en arrivant près de l'image qui remplace la Vierge miraculeuse du XIIe siècle, il vous sera loisible de vérifier l'exactitude de ce récit et de faire les réflexions que ses différentes phases vous auront suggérées.

Ami voyageur, quand vous contournerez la belle colline vésulienne, en suivant le chemin de fer de Paris à Bâle, saluez la protectrice du pays, dont la statue attirera tout d'abord vos regards; puis, en voyant cette verte ceinture qui court mélancoliquement sur le flanc de la montagne de Marie, souvenez-vous que la vigne de la Motte, faute d'avoir trouvé deux mortels heureux pour la posséder, menace de « tourner complétement en luzerne » ou ne peut que devenir l'apanage d'un habitant des cieux. Que cette pensée, en vous rappelant qu'il est inutile de chercher le bonheur parfait sur la terre, vous aide à supporter patiemment les épreuves de la vie, à ne point désirer trop vivement ce que vous n'avez pas. Le sort qui vous est échu sera le meilleur de tous si vous savez vous en contenter.

BESANÇON, IMPRIMERIE DE J. JACQUIN.

DU MÊME AUTEUR :

Les Curés de campagne en Franche-Comté. Etude historique du VIIe au XVIIe siècle, avec carte de l'ancien diocèse de Besançon. In-8°.

Le Guide du Voyageur et du Baigneur à Luxeuil. In-12.

Une Saison à Luxeuil. In-8°.

La Charité à Vesoul. Etude historique. In-8°.

www.ingramcontent.com/pod-product-compliance
Ingram Content Group UK Ltd.
Pitfield, Milton Keynes, MK11 3LW, UK
UKHW031901260826
14628UKWH00002B/916

9 782329 268675